AF401769

DÉPÔT LÉGAL
Seine & Oise
No
1891

CONTES DU VIEUX PILOTE

PAR

JEAN DE NIVELLE

(CHARLES CANIVET)

OUVRAGE ILLUSTRÉ DE TRENTE-CINQ GRAVURES

DESSINS HORS TEXTE

Par L. Barillot, F. Buhot, G. Fouage, A. Guillemet, Lansyer,
A. Montader, Ogden Wood

PARIS

LIBRAIRIE FURNE

JOUVET ET CIE, ÉDITEURS

5, RUE PALATINE, 5

—

M DCCC XCI

CONTES DU VIEUX PILOTE

4° Y²
1764

RUBIS

CONTES DU VIEUX PILOTE

PAR

JEAN DE NIVELLE

(CHARLES CANIVET)

OUVRAGE ILLUSTRÉ

DE TRENTE-CINQ GRAVURES

d'après les dessins de

L. BARILLOT, F. BUHOT, G. FOUACE, A. GUILLEMET, LANSYER
A. MONTADER, OGDEN WOOD

PARIS

LIBRAIRIE FURNE

JOUVET ET CIE, ÉDITEURS

5, RUE PALATINE, 5

M DCCC XCI

DÉPÔT LÉG
Seine & O
Nº
1891

PRÉFACE

Je ne voudrais pas qu'on prît à la lettre, c'est-à-dire pour chose tout à fait contemporaine, les deux premiers récits de ce livre. Ce n'est pas qu'ils soient de l'histoire ancienne, ni même très vieille : il y a moins de quarante ans, la fraude était en honneur dans la Manche, et s'y pratiquait avec acharnement. On en tirait de grands bénéfices, on courait de grands risques; mais aussi l'on trompait le fisc anglais; et c'était merveille.

Alors, la haine existait chez nos riverains bien plus ardente qu'aujourd'hui; mais il ne faudrait pas la croire éteinte. Nos voisins, au besoin, se chargeraient de la réveiller si, par hasard, elle était tout à fait endormie. C'est un sentiment à peu près inexplicable pour des gens doués de raison; mais il existe, sinon au cœur même du pays, à coup sûr chez un gouvernement qui, libéral ou conservateur, whig ou tory, semble avoir élevé le sentiment de la défiance envers la France à la hauteur d'une manie.

En quoi gênons-nous les Anglais? Sur quel point du globe pouvons-nous leur porter préjudice? Ils seraient fort embarrassés de le dire; ce qui ne les empêche point d'agir, à notre égard, comme si nous les gênions partout. La belle avance pour eux, cependant, si de nouveaux désastres nous accablaient!

La vérité est que leur langage, — le langage de certains de leurs journaux, — s'explique, la plupart du temps, par l'humilité, mettons la réserve, de notre attitude à leur égard. Ils savent que nous avons pour coutume de nous effacer, dans la crainte de nous créer des complications et des embarras.

Je ne voudrais point écrire des choses par trop solennelles, en tête de ces quelques pages qui, aujourd'hui, peuvent avoir une sorte de couleur archaïque. La fraude est morte, ou à peu près, et les hommes, des deux côtés de la Manche, s'entendraient fort bien, sans une politique séculaire qui se plaît à nous présenter, nous autres Français, comme de très dangereux voisins.

L'allégresse fut grande, il y a vingt ans, dans l'Angleterre officielle, lorsque, contre toute attente, l'Allemagne, que la Grande-Bretagne rencontre déjà sur son chemin, nous écrasa. Il est certain qu'il y aura, de ce côté-là, bien des mécomptes, et que notre tour pourrait venir d'être témoins de choses irréparables, pour d'autres que pour nous. Mais, la haine éternelle ne fleurit point sur le sol gaulois; et plus je vieillis, plus je me sens fier, je dirai même glorieux, d'être né dans ce pays de toutes les générosités et de tous les enthousiasmes, et qui n'a jamais eu pour habitude d'injurier les vaincus.

La gloire militaire est chose fuyante, et aujourd'hui les plus forts n'oseraient pas s'affirmer sûrs de leur lendemain. Cependant, n'est-ce pas, je n'oserais dire grotesque, mais tout au moins ridicule, que les soldats de l'autre côté du détroit s'opposent au percement d'un tunnel sous-marin, sous prétexte d'une invasion possible de l'Angleterre par l'armée française!

Il y a trente ou quarante ans, il n'était question ni de tunnel, ni de torpilleurs, mais nos riverains, bercés avec les honteuses et barbares histoires des pontons, considéraient la fraude, non comme une revanche assurément, mais comme une sorte de petite vengeance, et ils employaient pour l'accomplir, — aussi pour cause de bénéfices, il serait puéril de le contester, — toutes les ressources de leur audace et de leur imagination.

Aujourd'hui, c'est fini, ou à peu près, et les vieux nids de fraudeurs échelonnés le long de la côte, en face des îles de l'archipel normand,

leurs vastes caves bondées jusqu'aux voûtes de futailles pleines d'eau-de-vie de France, n'ont plus l'air que d'habitations très recommandables et de l'aspect le plus honnête et le plus hospitalier. Il n'y a plus rien à faire par là! et c'est pour cela peut-être que s'effacent graduellement, chez nous du moins, des animosités séculaires, sucées avec le lait maternel, dans une contrée qui fut piétinée et mise à sac, pendant plus de cent ans, sans trêve ni merci.

La fraude est défunte, ou si elle existe encore, c'est une petite fraude pour rire, une fraude de rien du tout, qui se fait les mains dans les poches, et sans périls graves comme sans bénéfices inespérés.

Il n'en était pas ainsi, il y a un demi-siècle, et même un peu moins ; et c'est pour cela que je prie mes lecteurs de tenir compte de la distance. De vieux matelots existent encore, qui l'ont pratiquée et s'en vantent, et l'on trouvera, dans les pages qui suivent, quelques échos de leurs exploits.

Mais il ne faut pas oublier que les plus braves gens du monde, en prenant de l'âge, deviennent quelque peu hâbleurs. A force de raconter à peu près toujours les mêmes choses, ils finissent fréquemment, et même involontairement, par les enjoliver, de façon à prendre leurs broderies de style pour textes d'écriture. En tout cas, il serait difficile d'en rencontrer d'aussi sincères et véridiques que le *Pilote-Major*, dont je raconte plus loin quelques expéditions hasardeuses, mais singulièrement hardies.

Très vieux, à cette heure, mais très robuste encore, trempé dans la vague dont les salures marines semblent l'avoir embaumé tout vivant, tant il garde, au déclin de l'existence, de jeunesse et de force, il est aujourd'hui ce qu'il était alors, ce qu'il sera jusqu'à son dernier souffle, Français quand même, Français toujours, et trouvant, que malgré les blessures et malgré les désastres, il n'y a rien au monde de plus noble et de plus enviable que cela.

Je suis tout à fait de son avis.

JEAN DE NIVELLE.

CONTES DU VIEUX PILOTE

I

LE RUBIS

— Tenez, me dit le vieux pilote Basbris, asseyons-nous ici. Le soleil s'en va, là-bas, derrière les côteaux, à mesure que la mer arrive. Je vous raconterai cela, pendant le crépuscule, ça ne sera pas long. Et si ce n'est pas fini, quand le Bourguignon (1) s'en ira, ajouta-t-il, c'est aujourd'hui même pleine lune, et nous n'aurons pas de nuit.

— Asseyons-nous, lui dis-je, si cela vous agrée; mais ne pourrions-nous point, en marchant le long de la baie, causer comme d'anciens amis que nous sommes et nous dégourdir les jambes?

— Vous en parlez à votre aise, s'écria-t-il, en riant; marcher, c'est bientôt dit, et l'on voit bien que vous n'avez ni goutte ni rhumatismes. Quant à moi, je ne suis plus solide que sur le pont de mon côtre. A la barre, je me tiens comme un mur; mais pour la course, ah dame, obligé de caler! Ainsi, et en admettant que cela ne vous contrarie pas trop, accotons-nous ici, face au soleil couchant, et causons.

(1) Le soleil.

— Un effort, père Basbris, nous sommes à quelques centaines de mètres de la pointe, et nous nous installerons face à la pleine mer, ce qui vaudra beaucoup mieux. Appuyez-vous sur moi et marchons.

Comme une large coupe plate de cuivre rouge, le soleil flambait, au milieu d'une atmosphère un peu embrumée, éclairant le port de Saint-Vaast où se dressaient des mâtures de bricks, de goëlettes et de sloops, la vieille tour cylindrique de la Hougue, dont le paratonnerre oblique ressemblait momentanément à une lame flamboyante, et, plus loin, s'allongeant à l'infini, la grève de la Manche, jusqu'au golfe des Veys, avec ses clochers et ses maisons basses qui rutilaient, dans cet embrasement d'un couchant estival.

La mer, sans rides, d'un calme blanc, reluisait comme un lac immense, et, juste en face de nous, frappées en plein par les rayons fuyants, les deux petites îles de Saint-Marcouf faisaient, sur la blancheur liquide, deux taches de feu, comme deux étoiles plus larges tombées du ciel dans le flot qui, petit à petit, les noyait.

Quel spectacle inoubliable, par une de ces limpides et rares soirées d'août qui semblent agrandir les paysages et reculer les bornes de la vision! Le vieux pilote en avait vu bien d'autres! Que de fois, pour ses yeux, au temps de ses navigations lointaines, le soleil s'était levé et couché dans la mer! A l'entendre, c'était son bon temps, le temps de la liberté et de la jeunesse, où les plus timides n'entrevoient ni déboires, ni dangers.

Sous la casquette cirée, la chevelure grisonnante, presque hirsute et très épaisse, rejoignait le collier de barbe poivre et sel, et il tenait ferme entre ses dents blanches et solides le tuyau noirci d'une courte pipe anglaise, dont le fourneau ressemblait à un cône d'ébène renversé.

— Patron, lui dis-je, — nous avions coutume de l'appeler ainsi, — voilà une chose que je ne comprends pas, permettez-moi de vous le dire. Vous détestez les Anglais et vous fumez dans des pipes britanniques; cela me déroute, je vous le confesse, et je n'y suis plus.

— Ta, ta, ta! fit-il, qu'importe, puisque cela passe en fraude! Quant à leur tabac, frisé comme une tête de nègre, vous n'en avez jamais vu à la cambuse, je suppose. La terre est bonne, ni poreuse ni juteuse; quant au tabac, n'en parlons point, monsieur, il est bon pour les Angliches; nous autres du continent, nous n'en fumerions pas quand ils nous payeraient. Je vous dirai même que les gaillards ne s'y trompent point et qu'ils savent faire la différence. L'eau-de-vie, le vin, le cidre et le tabac, voyez-vous, monsieur, autant de choses que le bon Dieu a faites pour nous. Tant pis pour ceux qui n'en ont pas! S'ils en veulent, il leur faut y mettre le prix!

— Eh! patron, l'interrompis-je, vous en savez quelque chose.

— Parbleu! reprit-il en éclatant de rire, ne sommes-nous pas ce soir ensemble, le long de la grève, pour que je vous en touche deux mots. Je vous ai promis une histoire, une des meilleures; vous l'aurez, et sans enjolivements.

Tout en marchant sur la dune, nous étions arrivés à la pointe de Réville, et cette fois, il fallait s'asseoir pour de bon ou revenir sur nos pas, vu qu'il n'y avait pas moyen d'aller plus loin.

La mer battait son plein, et, de place en place, à mesure que le crépuscule s'accentuait, des bateaux de pêche, à sec de toile, y faisaient de petites taches noires, immobiles. L'air était si limpide que, de temps en temps, des bruits d'avirons remués entre leurs tolets arrivaient du large avec un grincement sonore, et que les voix des pêcheurs s'entendaient comme s'ils eussent parlé tout près, à quelques mètres à peine.

A droite et à gauche de nous, les accidents des côtes voisines se faisaient, chose curieuse, plus distincts et en quelque sorte plus proches, à mesure que le crépuscule s'accentuait. Au large, à l'opposite du soleil qui s'en allait et qui ressemblait maintenant à un œil rond énorme, presque au niveau des coteaux riverains, une large lueur d'un rouge indécis s'étalait, ressemblant à un reflet de vaste incendie, et partout, les feux et les phares s'allumaient, dans les îles, à terre, au large même, très loin, où des navires sortis du Hâvre ou venant de l'Océan, hissaient leur éclairage réglementaire. On eût dit des étoiles de toutes couleurs, entre le ciel et l'eau, dont les lignes immobiles, de plus en plus, se confondaient, excepté dans les environs de cette grande lueur rouge qui, tout en se rétrécissant, devenait plus éclatante, d'un moment à l'autre.

Tout à coup le globe énorme émergea avec une vitesse vertigineuse, apparut tout entier d'un rouge de brique ou plutôt de métal forgé, et, plus timidement, monta dans le ciel, en blanchissant et en jetant dans la mer, depuis l'extrême horizon, un large et long fuseau de lumière réfléchie qui, en tremblant, venait mourir presque à nos pieds, et mettait toutes sortes de feux dans les interminables et monotones rubans d'écume que le flot montant déroulait sur le rivage.

— Patron, dis-je, je vous écoute; nous n'avons point à redouter ici d'oreilles indiscrètes, et j'attends l'histoire de la première expédition du *Rubis*.

— La première, à peu près, vous l'avez dit, monsieur, et elle date de bien des années déjà. Aujourd'hui, c'est fini; il n'y a rien à faire et ceux qu'on nomme des fraudeurs n'ont pas la moindre idée de ce qui se pratiquait dans notre temps. On risquait sa peau, c'est vrai, mais la fortune en même temps, et j'étais de ceux qui croient que celle-ci valait mieux que l'autre, ou plutôt que l'autre ne valait rien sans elle. C'est ainsi que nous pensions, monsieur, surtout quand nous étions amoureux.

— Tel que vous me voyez, poursuivit-il, je suis pilote-major, et très considéré. Il n'entrait pas jadis à Cherbourg un navire de plaisance anglais qui ne me réclamât; en fait de pilotes, les *goddem* ne connaissaient que votre serviteur, et c'est moi qui montais à bord du yacht royal quand la reine ou le prince de Galles abordait par ici. C'est fait pour étonner quelques-uns de leurs sujets, mais c'est comme cela. Au temps dont je vous parle, et qui a déjà filé une rude amarre, il y en avait de l'eau-de-vie, en France, et de la bonne! La preuve, c'est que tout le monde en voulait, les Anglais surtout, à la condition

LE RUBIS DANS LA MANCHE.

de ne pas la payer trop cher. Elle coûtait bon marché, dans ce temps-là, monsieur, un temps que nous ne reverrons jamais, et, de plus, c'était un nectar. En outre, les fraudeurs se chargeaient du transport, et, s'il ne réussissaient pas toujours, ils n'échouaient pas toujours non plus. J'en sais quelque chose. — Qu'est-ce qu'il fallait pour cela? De l'audace assurément, mais, avant l'audace, la science parfaite de la langue anglaise, qu'il était bon de parler à s'y méprendre, en cas de mauvaise rencontre, de façon à tromper les Anglais eux-mêmes, la connaissance des parages, la conviction établie qu'on jouait sa vie, et en outre une affection. Tel que vous me voyez, monsieur, la vieille qui fait encore la joie de ma cambuse n'aurait jamais été ma femme si je n'avais trouvé, dans un dernier voyage, de quoi remplir de louis d'or le fond de mon chapeau. Ses gens, comme on disait alors, ne me l'auraient point donnée sans cela. Je le savais, et comme je la voulais, vous comprenez que rien ne me devait coûter pour l'obtenir. Et voilà pourquoi je me fis contrebandier.

— Tenez, monsieur, reprit après un court silence le pilote-major, il y a encore assez de jour pour qu'en vous retournant vous puissiez voir la maison où je l'ai prise. J'avais vingt-cinq ans alors, elle dix-huit, et c'était, vous pouvez m'en croire, ce que nous appelions, dans ce temps-là, un fameux brin de fille. Regardez là-bas, dans la direction que mon doigt vous indique. Apercevez-vous deux fenêtres embrasées par les derniers rayons du couchant? C'était là; une maison de pierre, si près du bord qu'elle se mire dans la mer pleine. Ah! quels heureux jours, et comme c'est bête de vieillir!

— Allons donc, pilote, que dites-vous là? Est-ce qu'il est possible d'avoir une existence remplie quand on n'a pas vécu? Et puis, vous me le disiez vous-même, il y a quelques jours, l'homme ne vieillit pas quand les enfants sont là, et les enfants de ses enfants. C'est votre propre sang qui coule dans toutes leurs veines, et c'est du bon sang pour la France.

— Ça, monsieur, vous en pouvez être sûr, et du sang qui

ne refroidit pas. Mais expliquez-moi une chose à laquelle je ne comprends rien, c'est-à-dire comment il se peut faire qu'il y ait tant d'interminables journées et que pourtant la vie paraisse si courte?

— Pilote, lui dis-je ce sont les souvenirs qui l'abrègent et les plus anciens semblent les plus proches. Comment cela? Je l'ignore, ou cela serait trop long à vous dire. Mais, croyez-moi, tout est ordonné pour le mieux, et, en réfléchissant, nous sommes contraints de le reconnaître. Heureux ceux qui, comme vous, n'ont point eu, pendant près de trois quarts de siècle, un moment de défaillance et qui peuvent se voir revivre dans leurs petits enfants!

Il bourra sa pipe, battit le briquet, posa sur le fourneau l'amadou enflammé qu'il recouvrit d'un morceau de papier serré très dur, et, quand le tabac fut pris, après une demi-douzaine de larges bouffées qu'il rejetait avec un sonore bruit de lèvres, il reprit :

— Donc, c'était de l'argent qu'il me fallait. Pas d'argent, pas de fille! Le vieux Buhotel n'en démordait pas. Et nous en tenions l'un pour l'autre, pensez! Un soir que je rôdais le long de la baie, aussi près de sa maison que possible, dans l'espoir de voir Suzette à la fenêtre, — elle se nommait Suzanne, monsieur, mais je ne sais pourquoi, Suzette me semblait plus affectueux alors; et ce qu'il y a de plus curieux, c'est qu'aujourd'hui, je ne l'appelle plus que Suzon, — le père, m'ayant aperçu, sortit et m'accosta.

— Beau temps, dit-il, pour tirer une bordée (1)! J'ai envie de courir jusque sous les îles; en es-tu?

— Certes, si j'en suis, patron Buhotel; est-ce que ce n'est pas un honneur de louvoyer en votre compagnie?

— Farceur, fit-il, en laissant tomber sa lourde main sur mon épaule; et qu'est-ce que tu dirais donc si Suzette en était aussi?

Il vit à mon émotion que ses paroles avaient porté; mais, tout aussitôt, il reprit :

(1) Gagner le large, sortir du port ou de la crique.

— Sois tranquille, cadet, elle n'en sera pas, mais nous causerons d'elle ; et, si tu es prêt, embarquons.

Nous descendîmes jusqu'à la baie, où la barque du vieux se balançait, à dix brasses du bord :

— As-tu tes bottes, fils ? dit-il.

— Non, répondis-je, car je comptais rentrer à la cambuse et y passer la nuit ; mais qu'à cela ne tienne, on ne craint pas l'eau !

En arrivant à la barque, j'en avais jusqu'à la ceinture. Alors je me hissai, ramenai l'ancre à bord, et, en quelques coups de godille, je poussai le canot jusqu'à ce que la quille touchât le fond. Le vieux Buhotel embarqua, se mit à la barre, je plaçai deux avirons dans leurs tolets, et nous voilà partis, filant vite, à cause de la mer qui commençait à baisser.

— Voilà le jusant (1), dit le vieux Buhotel ; tu as de la chance, conscrit, et une fois hors de la passe, en piquant droit sur le feu blanc de Saint-Marcouf, ça marchera tout seul.

Je me mis à tirer de toutes mes forces, pour doubler Tatihou au plus vite, très intrigué de cette bordée nocturne, avec un vieux patron qui paraissait m'en vouloir précisément parce que je recherchais sa fille en mariage, surtout parce que celle-ci ne me détestait point. Cela se voyait à tout et à des riens. Une fois au large, très loin, et le feu de Saint-Marcouf grossissant déjà, il me donna l'ordre de rentrer les avirons et de bien écouter ce qu'il avait à me dire. Ce n'était pas difficile, car je crois que, de ma vie, je n'avais encore vu nuit plus calme : à peu près comme celle-ci. Figurez-vous une mer d'huile, sans le moindre balancement, et où se reflétaient, avec une netteté sans pareille, tous les feux de la côte et toutes les étoiles du ciel.

— Garçon, dit tout à coup le vieux Buhotel, — je dis vieux, parce qu'il touchait à la cinquantaine, — mon intention n'est point d'y aller par quatre chemins, et, en deux mots, voici la chose : tu veux Suzanne

____

(1) Retrait du flot.

pour femme, et je ne dis pas non, mais il faut la gagner, car je n'ai rien
à lui donner pour entrer en ménage.

— Eh bien, lui demandai-je, combien faut-il pour cela? D'abord, tout
ce que j'ai est à elle...

Là, il m'interrompit subitement :

— Ah çà, dit-il d'un air tout à fait surpris, tu as donc quelque chose?

— Mille écus tout rond, dans un endroit que seul je connais, patron,
et le trou est assez profond pour qu'on y en puisse ajouter d'autres.

— Tonnerre! s'écria-t-il, et comment t'y prends-tu pour gagner tout
cela?

— Ça, repris-je, c'est mon affaire; tout ce que je veux vous dire, c'est
que je ne les vole pas, et s'il n'en faut que le double, vous m'entendez
bien, nous ferons les noces à Pâques ou dans les environs, à coup sûr,
avant la Trinité. Est-ce entendu?

— Tope là, garçon, et capon qui s'en dédit.

— Pour sûr, ça ne sera pas moi, ou bien c'est que le diable s'en mê-
lerait, et encore je me vante d'être plus malin que lui.

Il y avait encore tout juste assez de mer pour rentrer dans la baie et
pour laisser la barque dans le lit de la rivière, au fil de l'eau, avec son
ancre fichée dans le sable vaseux. Ce fut bientôt fait et lorsque, le long
du bord, je serrai les deux mains du patron Buhotel, à deux cents mètres
de sa case, il me sembla bien apercevoir une tête à la fenêtre : Suzanne
sans doute, qui nous reconnaissait et que cette promenade en mer intri-
guait bien un peu. Elle me l'a dit après la bénédiction, monsieur, et mes
yeux d'amoureux ne m'avaient point trompé.

Le lendemain, j'étais à Cherbourg, de bonne heure, et je frappais à la
porte de M. Josias, une espèce de juif, à ce qu'on disait, mais avec lequel
j'avais été toujours en excellents rapports d'affaires.

— M. Josias, que je lui dis, il me faut de l'argent, beaucoup d'argent.

Il fronça le sourcil, en homme mécontent, et me dit tout simplement :

— Où veux-tu que j'en prenne?

— Monsieur Josias, repris-je, vous me connaissez; j'ai déjà fait, pour vous, pas mal de voyages en Angleterre ; eh bien, j'en voudrais faire un dernier, mais un solide, et qui me rapportât, pour ma part, trois mille francs.

— Diable ! fit-il avec un sourire, tu n'es pas dégoûté, un voyage de trois cents pistoles !

— Monsieur Josias, l'interrompis-je, je n'en rabattrais pas un liard.

— Mais au moins explique-toi.

— Eh bien, voilà, monsieur, confiez-moi un chargement complet d'eau-de-vie pour l'Angleterre, un bon chargement bien arrimé dans le *Rubis*. Vous êtes assez riche, monsieur Josias, pour tenter l'aventure, et l'échec ne vous ruinerait pas. D'ailleurs, voici ma fortune : trois mille francs. Je vous la laisse. Si j'échoue, vous la gardez ; dans le cas contraire, vous doublez la somme, et je me charge, après le coup, de faire deux autres voyages pour rien.

— Tiens, tiens, dit M. Josias, tu es donc amoureux, mon gaillard ?

— Parbleu, fis-je, amoureux fou, monsieur Josias, au point de ne rien redouter et de passer sous l'eau ou à travers le feu, sans crainte de m'y noyer ou d'y perdre un poil de ma tignasse.

— Tout ça, c'est bon, et certes j'ai confiance en toi ; mais tu n'es pas assuré, je suppose, contre les gabelous anglais. Donc, si tu te risques, tu risques bien davantage mon argent. Mets-toi à ma place, Antoine, et dis-moi ce que tu ferais.

— Ce que je ferais, monsieur Josias ? Eh bien, je vous dirais ceci : « Charge le *Rubis*, et en peu de temps ; une bonne charge, tout juste ce qu'il faut pour un excellent arrimage et cours vent arrière ou grand largue (1) où tu sais bien, de façon à revenir le plus tôt possible, le bateau vide. »

— Tu dirais cela, Antoine ?

— Non, monsieur Josias, ce n'est pas moi qui le dis, c'est vous ; mais c'est moi qui pars et qui reviens, je vous en donne ma parole.

Ici, M. Josias toussa deux ou trois fois, réfléchit pendant quelques instants, se leva, prit dans le buffet un flacon et deux verres qu'il remplit.

— Goûte-moi cela, Antoine, et dis-m'en ta pensée, mais là, sans barguigner.

(1) Le vent par le travers, c'est-à-dire les voiles presque parallèles au navire, dans le sens de sa longueur.

Nous trinquâmes, et je vidai mon petit verre à moitié, en faisant cir-
culer la liqueur dans ma bouche, de droite à gauche et de gauche à droite,
pour la chauffer et en avoir tout le parfum.

— Ça, monsieur Josias, c'est du pur jus des Charentes, et si vous en
avez tant seulement...

— J'en ai tout un chargement qui m'arrive de la Rochelle, à bord de
la goëlette *Myosotis*, du port de Saint-Vaast, capitaine Camas. Prends-en
ce qu'il faut pour le *Rubis*.

Dès aujourd'hui, j'écris à
Hopkins and C° à Ply-
mouth, et tu pars dans la
quinzaine. Tu le vois, j'ai
confiance en toi et aussi
dans le dieu des amoureux;
mais je te préviens que
j'entends être de la noce.

— Vous, monsieur Jo-
sias, mais plutôt deux fois
qu'une, et si vous le vou-
léz, dès demain je suis à
la besogne.

— C'est entendu, fit-il;
allons, vide ton verre, et à
la santé de... Au fait, Antoine, à la santé de qui
dois-je boire ?

— A la santé de Suzette Buhotel, monsieur Josias, une fille de Réville
qui m'a tourné la tête, et comme vous n'en trouveriez pas une dans tous
les pays du monde.

— Parbleu, dit M. Josias; ce n'est pas qu'il en manque, cependant,
puisque tous les amoureux parlent ainsi.

Quinze jours après, en plein mois de mars, c'est-à-dire par temps d'équinoxe, un bon temps pour les expéditions de la sorte, le *Rubis*, en rade de Cherbourg, était tout prêt à appareiller.

La veille, j'avais fait mes adieux à Suzanne, mais pas pour longtemps. En trois fois vingt-quatre heures, la chose devait être menée à bonne fin. Hopkins, averti, avait répondu à M. Josias que, de son côté, tout était paré et que les dispositions étaient prises pour recueillir les fûts où nous les déposerions, c'est-à-dire à l'ouvert de la Plym, par dix brasses de fond. Les barriques, lestées comme c'était la coutume, devaient être jetées par dessus bord en aussi peu de temps que possible, tout en dévidant la corde qui les entourait, et au bout de laquelle se trouvait un flotteur de liége, pour indiquer la place. Mais tout ça n'était pas du nouveau pour mes trois hommes et pour moi. En avions-nous passé ensemble, sous les yeux des Angliches, qui me connaissaient, et auxquels j'étais signalé d'ailleurs, depuis longtemps !

Mais bast ! à force de bonheur, on arrive à ne plus rien craindre ; et ma foi ! aussi vrai que je vous le dis, je ne craignais plus rien.

Un matin de dimanche, je m'en souviens comme si c'était hier, nous dérapâmes par mauvais temps, avec un vent de nord-ouest qui jetait par-dessus la digue des paquets de mer. Le *Rubis* connaissait ces temps-là. Un ris dans la voile, deux peut-être une fois au large, et il passait partout, dessus, dessous, à travers, sans y perdre un bout de filin. Moi qui vous parle, monsieur, je n'ai jamais vu plus brave cotre, en Normandie aussi bien qu'en Bretagne. Et ça filait ! Pour sûr il fallait se tenir aux cordages, à n'importe quoi, sous peine d'être enlevé par un coup de mer. Mais ça nous connaissait, et nous espérions bien, une fois le tard venu, après nous être tenus au large, à courir des bordées, si c'était nécessaire, apercevoir le phare d'Eddystone, malgré les embruns qui devaient le couvrir par ce tremblement.

Le *Rubis* volait comme une mouette, du vent tout plein sa grand'-voile, un peu diminuée, pour qu'il n'arrivât point de malheurs ; et moi, tout en veillant à la manœuvre, je pensais à Suzette, qui pensait à moi, et je pensais aussi à Hopkins, ce brave homme qui, les fûts recueillis et mis en lieu sûr, enverrait aussitôt à M. Josias, comme il en avait coutume, le prix de la marchandise, des milliers de francs, dont trois mille pour moi, et le reste pour M. Josias.

Avec de telles pensées, le temps paraît toujours beau, et quand nous avons de la joie dans le cœur, nous ne faisons guère attention au bouleversement des choses.

Il n'en est pas moins vrai que la Manche, démontée, faisait un vacarme du diable, un fracas de damnés. Le vent soufflait presque en foudre, descendant vers l'ouest ; le ciel crachait et la mer tombait sur nous en montagnes d'écume qui semblaient nous courir après, et toutes prêtes à disloquer ce pauvre *Rubis*, qui gémissait, mais poursuivait sa route, avec des sauts, des bonds et des engloutissements dont vous n'avez pas d'idée.

Par ce vent carabiné, il ne devait pas faire bon non plus à l'entrée de la baie de Réville. Ces bourrasques qui viennent de si loin ne s'arrêtent guère qu'à la terre ; et pendant que l'eau de la mer et l'eau du ciel roulaient à flots sur mes vêtements cirés, et que, de mes deux mains, j'avais mille peines à maintenir la barre rudement secoûée, il me semblait voir, dans les embruns, l'image de Suzette avec son doux sourire qui m'encourageait.

Cependant, à mesure que nous approchions de la côte anglaise, le vent mollissait, et la mer, sans se calmer, devenait moins tapageuse. Vers les six heures, j'aperçus, dans une sorte de brume formée par les embruns, le feu d'Eddystone, et, avant de courir dessus, pour le dépasser, je gagnai un peu dans l'ouest, en louvoyant, afin d'arriver au moment propice.

Quelle chance! Depuis notre départ de Cherbourg, pas un navire en vue! Il est vrai que, par des temps de la sorte, on ne voit jamais bien loin autour de soi. Une fois la nuit tout à fait tombée, le vent balaya les nuages qui se mirent à courir dans le ciel, comme le *Rubis* courait sur la mer, et dans leurs intervalles apparaissaient des morceaux bleus avec des étoiles d'une clarté incomparable. Pas bon signe pour le temps à venir ! Mais qu'importe la bourrasque, avec un navire solide sous les pieds ! Si petit qu'il soit, il a toujours raison de la mer et du vent. Voyez les barques de Trouville, monsieur, et celles de Grandcamp, est-ce que jamais elles coulent, si les hommes veillent, et si la mer ne les surprend pas en traîtresse ?

Il était assez tard, dans la nuit, lorsque nous arrivâmes en vue de la côte, ce qui est une manière de dire, car il n'était pas facile de la voir, dans l'obscurité. Les lumières de Plymouth, oui ! et c'était assez dangereux, vous en conviendrez ! Mais Hopkins était un homme de ressources, et par dessus le marché d'une exactitude étonnante.

Une lumière ici, sur la rive opposée, derrière la fenêtre d'une maison éloignée ; une autre, disposée de la même façon, mais plus prochaine et formant à elles deux la base d'un triangle dont le *Rubis* occupait le sommet, cela voulait dire : tenez le milieu entre ces deux signaux, et quand vous vous trouverez sur la même ligne que le plus rapproché, l'autre restant à bâbord, jetez la marchandise à la mer.

Ce qui fut accompli dans l'espace de quelques heures et, en moi-même, je me faisais du bon sang à cette pensée que si Hopkins n'avait pas le temps d'opérer, dès la première aube, les garde-côtes de Plymouth et les pataches de la douane anglaise passeraient en vue de toutes ces plaques de liège, dont chacune marquait la place d'une barrique d'eau-de-vie des Charentes, et les prendraient pour les flotteurs des pêcheurs de homards si nombreux dans ces parages. Hopkins seul en connaissait la différence et, comme d'habitude, cacherait les futailles sous du sable de mer, dans les grossières embarcations qui remontent la Plym, à chaque marée, et dont les douaniers les plus fins n'auraient jamais pu suspecter l'innocence.

Quelle chance de regagner Cherbourg et de rendre compte de l'expédition à M. Josias ! Mais, l'eau-de-vie débarquée ou plutôt coulée, nous n'étions pas au bout de nos peines, comme vous l'allez voir.

A mesure que nous regagnions le large, la bourrasque, qui n'avait point fait trêve, nous saisissait de nouveau, et, dans les premières heures du matin, la lanterne du phare d'Eddystone brillait encore, à

PHARE D'EDDYSTONE.

travers une sorte de brouillard causé par les vagues immenses qui, après
s'être brisées sur les récifs, montaient en gerbes d'écume à l'assaut de

la colonne, et avec tant de violence, qu'elles passaient par dessus, à des hauteurs vertigineuses. C'était un voile incessant, à travers lequel brillait la lueur atténuée de l'énorme lanterne, mais qui n'en jetait pas moins au large, et jusque sur Plymouth, à plus de cinq lieues, un long et continuel reflet.

Il y avait des hommes là-haut, des prisonniers toujours sans communication avec la terre, dès que la brise souffle plus dure. La mer, dans ces parages, est terrible, monsieur, à cause des récifs qu'elle rencontre et sur lesquels elle roule furieusement avec d'éternels rugissements qui, de loin, ressemblent à des détonations d'artillerie. Je les connaissais pour les avoir souvent entendus, et même de près, et ce n'était pas pour me faire peur. Maintenant que j'avais le *Rubis* vide sous mes pieds, c'est-à-dire avec le lest nécessaire entassé dans le fond, sous une sorte de faux tillac qui le cachait, je me moquais bien du reste.

Quoique forte, la tourmente était maniable, c'est-à-dire que le vent soufflait uniformément, avec une violence extrême, mais toujours du même point de l'horizon. Par prudence, j'avais amené le mât de flèche et fait prendre deux ris dans la grand'voile, ce qui ne l'empêchait point de tirer dur sur le mât et sur les écoutes, je vous en réponds. Aussi, le *Rubis* faisait-il du chemin, à demi couché sur bâbord, sautant comme un marsouin et suivant une route si sûre, que mes trois hommes, étendus à l'avant, le long des bastingages, auraient pu dormir sans la moindre crainte.

Pour moi, j'avais, vous le pensez bien, de la joie, plein le cœur, et, tout en ayant l'œil, je laissais mon imagination vagabonder à l'aise, par delà les vagues de la Manche, là-bas, du côté de l'anse de Réville, où je voyais la maison de Suzette, la fillette occupée aux soins du ménage, et le vieux Buhotel, un marin consommé, monsieur, fumant sa pipe, derrière la fenêtre close, à cause de la bourrasque, et songeant sans doute au *Rubis* et à ceux qui le montaient, moi, son futur gendre, et mes trois hommes, tous un peu ses cousins, Ripert, Hercla et Jorre, gaillards solides, vous pouvez m'en croire, et qui, pour lors, ne boudaient pas et se moquaient du tiers comme du quart ; de fins matelots, comme nous

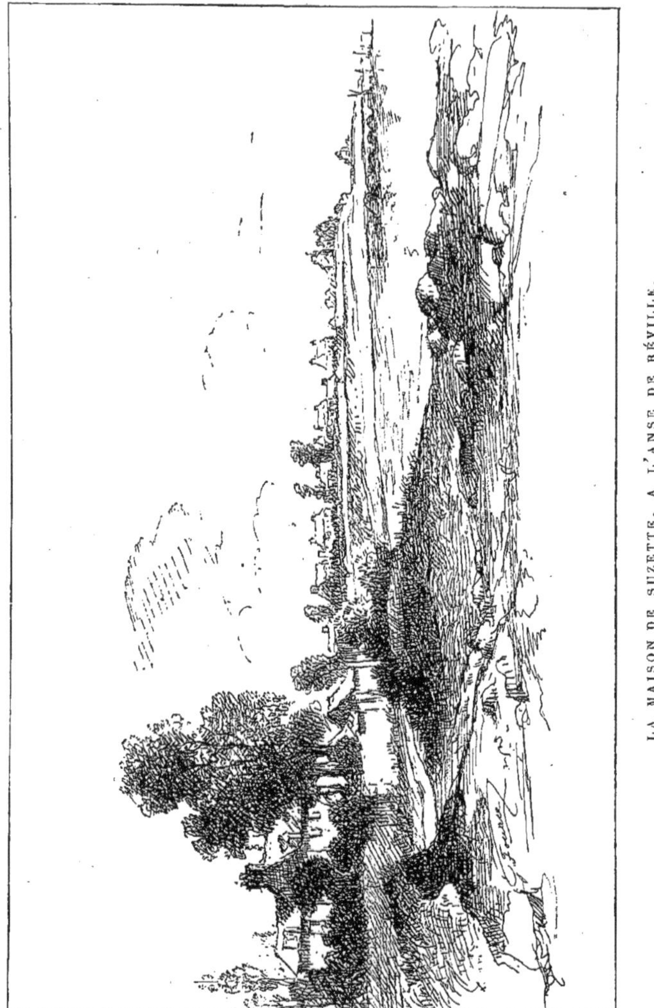

LA MAISON DE SUZETTE, A L'ANSE DE RÉVILLE.

en avons encore, Dieu merci ! et qui, à l'occasion, feront des merveilles.

Je pensais bien un peu à la surprise de M. Josias, en me voyant de retour, et lui demandant de tenir sa promesse. Je ne lui remettrais point l'argent, mais sous ce rapport, il pouvait être sans inquiétude. Hopkins avait toujours payé rubis sur l'ongle, comme on dit. Quoi d'étonnant à cela, avec les bénéfices qu'il retirait de l'incomparable eau-de-vie des Charentes, dont il allongeait la sauce avec du trois-six, à la plus grande satisfaction de ses clients?

Mais voilà que tout à coup, pendant que ces pensées souriantes me trottaient par la cervelle, au moment même où je me voyais grimpant les marches qui conduisent à l'église de Réville, en compagnie de Suzette et des camarades, j'aperçois, à une petite distance, un cotre de la taille du *Rubis* à peu près, plus fort de tonnage peut-être, mais pas sensiblement, le pavillon britannique en berne, la grand'voile déralinguée (1), les focs emportés avec le bout-dehors de beaupré : un navire en perdition, quoi, si nous ne nous portions vite à son secours.

Des Anglais, c'est des Anglais; mais c'est des hommes aussi, n'est-il pas vrai, monsieur? Et de voir ceux-là en détresse, ça me disait tout de suite de courir dessus et de les tirer de peine.

— Ohé! vous autres! criai-je aux miens, debout et vite! Qu'est-ce que vous voyez là-bas, à bâbord! Il me semble bien que c'est un camarade qui réclame du secours.

Ruisselants, ils se levèrent et regardèrent dans la direction que je leur indiquais :

— Tonnerre! dit Hercla, dont la vue était plus perçante, ça va mal pour lui, selon toute apparence, et je ne donnerais pas cher de sa carcasse.

— Moi de même, fit Ripert, et, dans son état, ce qui me surprend, c'est qu'il tienne encore.

— Il faut y aller, cap'taine, dit Jorre, car on ne peut pas laisser mourir ainsi des chrétiens sous ses yeux.

---

(1) Sortie des ralingues, c'est-à-dire des cordes autour desquelles les voiles sont cousues.

— C'est pas des chrétiens, reprit Ripert, puisque c'est des Anglais.

— Ma foi, tant pis ! dis-je à mon tour, c'est des êtres humains, et si le cœur vous en dit, nous ne les laisserons pas s'en aller dans le fin fond de la mer.

— Cap'taine, dit Hercla, toujours plus prudent, ça ne serait pas la peine de courir sur cette manière d'épave, s'il n'y a plus personne à bord.

— Ça, c'est judicieux, dis-je, et je vais m'en assurer. Va chercher ma lunette, dans la chambre, garçon, et tout de suite nous saurons à quoi nous en tenir.

Hercla descendit et remonta bientôt avec la lunette d'approche, toujours au point. Je lui demandai le secours de son épaule, pendant que Ripert prenait momentanément la barre et je vis de quoi il retournait :

— Ils sont quatre, dis-je, et qui nous ont aperçus, car ils nous font des signaux ; il n'y a pas à dire, garçons, il faut y aller !

— Allons-y, dirent-ils tous les trois, d'une seule voix.

Et Jorre, qui avait du sentiment, ajouta :

— Les Anglais, c'est des braves gens comme d'autres ; c'est dommage qu'ils soient Anglais, voilà tout.

— Pardi ! fit Ripert, on ne vient point au monde où l'on veut, et m'est avis que s'ils avaient eu le choix, ils seraient nés ailleurs.

Alors je repris la barre et la poussai de façon à courir droit sur le sloop qui dansait, il fallait voir, comme s'il avait eu conscience de sa situation, en apparence désespérée.

Les navires, j'ai remarqué cela bien des fois, monsieur, c'est comme des êtres animés, et le danger les bouleverse. Il me semblait que celui-ci, excusez-moi, perdait la boule, et je m'imaginais que s'il se démenait ainsi, c'est qu'il nous voyait, à travers ses deux écubiers qui lui servaient d'yeux, et qu'il faisait des gestes aussi désordonnés, pour nous engager à marcher encore plus vite.

Ils étaient quatre à bord, en effet, vêtus comme nous de costumes cirés et coiffés du suroît, tout cela ruisselant en diable ; et tous quatre, penchés sur le bastingage, poussaient des cris qui n'arrivaient que bien faiblement encore à nos oreilles, à cause du vent qui les emportait.

Pour eux, étant sous le vent, il leur était plus facile de nous entendre, et je leur criai de prendre courage et d'agir prudemment, de façon à ne rien compromettre, lorsque le moment serait venu de sauter à notre bord.

La manœuvre n'était pas précisément facile; mais avec l'envie de bien faire, on fait toujours bien. Nous dépassâmes l'anglais, pour revenir dessus plus doucement, en tirant quelques bordées indispensables, et enfin nous parvînmes à passer si près, et avec tant de justesse, que les quatre malheureux sautèrent dans les haubans et, en un clin d'œil, se trouvèrent sur le pont. L'un d'eux tenait même, enroulée autour du bras, une forte amarre, ce qui m'étonna; mais je n'eus pas le temps de savoir pourquoi. Les quatre naufragés étaient sur nous, le pistolet en main, armés jusqu'aux dents, et sous la capote cirée, je reconnus l'uniforme des gabelous anglais. Je m'étais laissé prendre comme un innocent, et pas de lutte possible!

Sous la menace des canons de pistolet, il nous fallut descendre dans la cale, l'un après l'autre, aussi penauds que vous pouvez vous l'imaginer, penauds comme des renards enfermés dans un poulailler vide. C'est égal, avant de disparaître, je laissai éclater ma colère et mon dépit, et je hurlai, à plusieurs reprises et de toutes mes forces :

— Canailles, canailles!

C'est ça qui leur était égal! Ils se contentaient de hausser les épaules et de rire, un rire qui m'exaspérait, pendant que l'homme à l'amarre l'accrochait à l'arrière du *Rubis*, ce qui fait que mon cotre traînait à la remorque la patache de la douane qui nous avait si bien joués.

N'empêche que ça retardait la marche; et comme nous nous trouvions à peu près à mi-chemin entre Plymouth et Cherbourg, ça me laissait toujours le temps de la réflexion.

Pour pincés, nous l'étions, et, dans la cale du *Rubis*, mes hommes s'en rongeaient les poings. C'est que la perspective n'était pas gaie.

Dans ces sortes d'affaires, les autorités anglaises n'entendaient pas la plaisanterie, et, pour sûr, elles ne nous relâcheraient pas de sitôt!

Quelle bêtise que la générosité! Voilà ce que je me disais, pendant que Jorre, Hercla et Ripert pleuraient de rage, étendus dans le fond de la cale vide. Quelle déveine! Faire bonne route pour le retour, après s'être débarrassé de la marchandise, et tomber dans un panneau si bête! Des novices ne s'y seraient pas laissé prendre, et moi, Antoine Basbris, je m'y étais jeté tête baissée.

Il faut dire aussi que des Anglais seuls sont capables de lâchetés pareilles : faire appel à la générosité et au courage de braves gens pour les prendre au filet, c'est l'affaire de pas grand'choses, vous en conviendrez, monsieur; mais enfin, nous y étions, et je ne voyais pas trop le moyen de nous en tirer.

Pourtant, il fallait bien tenter l'aventure. Le souvenir de Suzette me le commandait. Qu'est-ce qu'elle pensera demain, la pauvrette, me disais-je, lorsque l'heure sera passée du retour et qu'elle ne me verra pas revenir?

De temps en temps, des coups de mer tombaient en avalanche dans la cale du *Rubis* et nous noyaient. Pour peu que cela durât longtemps le bateau coulait, c'était certain. Comment des matelots de la douane anglaise pouvaient-ils s'y tromper et laisser le panneau presque grand ouvert? Parfois ils s'y montraient, toujours le rire bête aux lèvres, et il me semblait qu'ils étaient de plus en plus pris de boisson.

Parbleu! n'avaient-ils pas découvert la cachette de la chambre? En effet, et ils s'en donnaient à même ma petite cave, et nous les entendions rire aux éclats, au milieu du fracas de la mer et du vent.

Pour nous, nous avions de l'eau jusqu'aux mollets, et la situation devenait très pénible, bientôt intolérable. Je fis alors rapprocher mes hommes et je leur exposai un plan qui, tout d'un coup, venait de surgir dans ma cervelle.

— Ils sont ivres, là-haut, leur dis-je, c'est sûr, et si nous n'en profitons pas, c'est que nous sommes des poules mouillées.

— Ça, c'est vrai, dit Hercla, et on le serait à moins.

— Motus! fis-je, et laissez-moi parler. Il faut à tout prix que nous remontions là-haut, sinon nous sommes perdus. Supposez que nous y soyons, eh bien, voilà ce qu'il faudra faire! Sans avoir l'air de rien, nous nous tenons éloignés les uns des autres, mais en nous rapprochant, le plus possible, de chacun notre homme, et, le moment venu, —moi je me charge de celui qui est à la barre, — en deux temps et trois mouvements, enlevés par-dessus bord, et tire-toi de là comme tu pourras! Est-ce dit?

— Ah! dit Jorre, si ça se pouvait!.

— Ça se pourra, fit Ripert, le tout serait d'être sur le pont.

— C'est ce que nous allons tenter, mes gaillards, et les derniers mots de tout cela ne sont pas dits.

Je fis aussitôt approcher Ripert, le plus grand, et avec l'aide des deux autres, un de chaque côté, je me hissai tout debout sur ses épaules, ma tête tout entière dépassant le panneau aux rebords duquel je m'accrochai des deux mains, pour soulager Ripert d'autant. — Il faut dire que les brigands avaient retiré l'échelle.

Une fois là, je pris mon air le plus contrit, et m'adressant au chef, dans le plus pur anglais que je sache, je le priai de jeter un coup d'œil dans la cale.

Il ne me parut pas très solide sur ses jambes, et son équilibre instable s'expliquait par les caresses nombreuses qu'il avait adressées à ma bouteille d'eau-de-vie, un cadeau de M. Josias.

— Fameux brandy, lui dis-je en prenant mon air le plus aimable; il y en a encore beaucoup comme cela dans ma cachette!

Mais, malgré son commencement d'abrutissement, mon apparition l'inquiétait :

— Il faut descendre, fit-il, et tout de suite.

— Écoutez-moi, lui dis-je, et causons. Vous n'avez rien à craindre de nous, puisque nous sommes désarmés. Eh bien! regardez un peu, et voyez si vous pouvez nous laisser là-dedans. Quelques minutes encore et nous y sommes noyés! Je ne suppose pas qu'il vous plaise de rentrer à Plymouth pour y montrer nos cadavres. Vous savez bien qu'il vous en cuirait ; vous avez le droit de nous saisir, mais pas de nous tuer si nous n'opposons pas de résistance.

— Et encore, ajoutai-je, est-il bien sûr que vous avez le droit de nous prendre, quand nous naviguons sur lest et sans rien de compromettant dans la cale du *Rubis?*

Ce que je n'ajoutais pas, et ce qu'il savait, la drogue! c'est que j'étais signalé depuis longtemps, et bon à prendre, même sur un bateau vide. Ces gens-là, chacun le sait ont toujours manqué de délicatesse.

Je crus m'apercevoir que l'ivrogne était ébranlé et j'insistai de plus belle.

— Dans un quart d'heure, ajoutai-je, le *Rubis* coulera si la cale n'est pas fermée.

Il ouvrit de grands yeux, larges comme des sabords, et parut littéralement épouvanté de ce que je lui disais là :

— Laissez-nous monter là-haut et mettez l'échelle ; ce ne sera pas de trop de nous tous, pour aider à la manœuvre et pour pomper s'il est nécessaire.

Il s'éloigna pendant quelques secondes, et s'assit sur l'habitacle, après avoir absorbé une fameuse lampée d'eau-de-vie ; puis il fit signe à ses hommes d'approcher et leur expliqua la chose.

Ceux-ci, qui n'étaient pas de mauvais diables, et que la boisson rendait également sensibles, expliquèrent qu'ils étaient armés, que nous ne l'étions pas, et qu'il n'y avait aucun inconvénient à nous laisser revenir sur le pont. Et ça fut bientôt fait. Et tout aussitôt on ferma la cale, bien moins mouillée que je ne le leur avais fait croire.

Nous prîmes, pour la circonstance, l'air le plus lamentable du monde. Il y avait surtout Jorre qui pleurait comme un veau, avec une habileté de comédien consommé.

Mais ça, ce n'était rien ! Avant de monter, et pendant que les ivrognes délibéraient, j'avais dit à mes hommes qu'il fallait du coup d'œil, et que je me chargeais de donner le signal, quand je le jugerais à propos, c'est-à-dire quand je les verrais tous trois en bonne position pour le saut qu'il y aurait à faire.

Et je vous assure, monsieur, que sur aucun théâtre de Cherbourg ou de la capitale vous n'avez jamais vu pareils comédiens. Quels Normands et quels finauds ! Et notez bien que ça dura longtemps, assez longtemps pour permettre d'observer que les avaries de la patache que le *Rubis* traînait à la remorque étaient plus feintes que réelles et que les gueusards avaient dû bien rire dans leur barbe de *goddem* de prendre à une ruse aussi facile de fins matelots comme nous.

Ah ! si je n'avais pas eu le souvenir toujours présent de ma pauvre Suzette, comme je m'en serais donné, malgré la situation critique, sinon désespérée !

Non, je défie qui que ce soit, vous-même, monsieur, qui écrivez dans les journaux de Paris, de vous imaginer mes trois gaillards manœuvrant pour en venir à leurs fins, ayant choisi chacun son homme et regardant tantôt ici, tantôt là, d'un air si bête que j'en avais presque de folles envies de rire, et que de plus malins que ces gabelous n'auraient jamais pu soupçonner leurs méchantes intentions, celles que je leur avais soufflées.

Tout cela se passait en moins de temps que je n'en mets à vous le dire et, du reste, nous n'en avions pas à perdre. Par bonheur, pas une voile à l'horizon ! En outre, la bourrasque mollissait, et le *Rubis*, traînant la patache, ne faisait que bien peu de route.

Alors, quand je vis les choses à peu près telles qu'elles devaient être, je poussai un grand cri et je me jetai comme la foudre sur l'homme de la barre. En un clin d'œil, les trois autres étaient par-dessus bord : mais celui-ci, arc-bouté contre les parois de l'habitacle (1), ne bougeait pas d'un cran, malgré tous mes efforts et, pour en avoir raison, il me fallut le secours des autres qui, débarrassés, le saisirent et le poussèrent dans l'escalier de la chambre, où il roula comme une masse, non sans avoir été préalablement désarmé.

(1) Lanterne toujours éclairée, placée sur le pont à portée du gourvernail, et où est suspendue la boussole.

Quel soupir de soulagement je poussai alors, vous n'en avez pas l'idée ! Puis aussitôt je larguai l'amarre de la patache, et le *Rubis*, reprenant son allure, se mit à voler sur les vagues.

Il était temps, car déjà la côte d'Angleterre se montrait à travers les embruns, quand nous étions jetés en l'air comme une balle, et le phare d'Eddystone apparaissait comme une haute balise entourée d'écume blanche.

Sur le pont, Ripert, Hercla et Jorre riaient à se tordre, et il fallut, pour les rappeler à l'ordre, que je leur montrasse, à l'arrière, assez loin par bonheur, la patache qui faisait des signaux, preuve que les trois hommes étaient parvenus à se hisser à bord.

Chose plus inquiétante, on lui répondait du phare d'Eddystone, et nul doute qu'on ne se mît bientôt à notre poursuite. Dans ces moments-là, monsieur, quand on joue le tout pour le tout, il n'y a rien qui tienne, et c'est l'heure ou jamais de risquer sa vie.

— Hardi, garçons ! criai-je, nous nous sommes tirés des sales pattes de ces rascals, et ce n'est pas la peine d'y retomber. En haut le mât de flèche, et hisse tout !

Ce ne fut pas long, et le *Rubis*, couvert de toile, chargé à en craquer, se plaignant, gémissant, faisait des bonds énormes et volait comme un oiseau. Quelle course ! Rien que d'y penser, j'en tremble encore. Un morceau de toile emporté, un cordage rompu, le bout du mât de flèche brisé et nous étions flambés ! Et je vous jure que je ne le perdais pas des yeux, courbé qu'il était, comme un arc, au point que je m'imaginais l'entendre craquer d'un moment à l'autre.

La patache s'effaçait de plus en plus dans le lointain ; mais, ce que je redoutais le plus, sans vouloir le dire, c'était d'apercevoir, à l'horizon, le moindre panache de fumée sortant de la cheminée d'un vapeur lancé à notre poursuite. Que n'aurais-je pas donné pour qu'il fît nuit noire, pour être perdu dans l'obscurité complète, et pour marcher, à l'estime, vers la rade de Cherbourg !

Enfin nous courions grand train et, de minute en minute, je me disais :

— Pourvu que ça dure encore quelques quarts d'heure comme cela, dès demain je pourrai me montrer à Réville et réclamer mon bien au patron Buhotel.

Les trois matelots, aussi inquiets que moi de la charge de toile qui pesait sur le *Rubis*, allaient d'un endroit à l'autre, très étonnés de voir que tout tenait en place et que nous n'eussions pas encore fait pour un sou d'avaries.

Non, monsieur, pas pour un sou! Ah! le brave cotre que ce petit *Rubis!* Un matelot n'en voit pas deux comme cela dans sa vie!

Mais voilà que tout à coup Ripert me signale une tache blanche à l'horizon arrière. Aussitôt je tourne la tête. Pour sûr, il n'y en avait pas gros, mais le pire c'est que cela grandissait à vue d'œil, et, par-dessus le marché, il n'y avait pas à s'y tromper, ça nous courait dessus. Les signaux de la patache avaient été compris et, tout de suite, ordre avait été donné de lancer un fin voilier à notre poursuite.

Pour fin voilier, celui-là l'était, vous pouvez m'en croire. Nous faisions de la route, avec le *Rubis*, uniformément couché sur le flanc de bâbord, une route du diable. Mais, si vite que nous marchions, l'autre marchait plus vite encore. Au bout d'une demi-heure, je pouvais le dévisager sans le secours de la lunette.

C'était une manière de grand balaou, long et presque ras sur l'eau, un de ces bateaux faits pour porter de la toile exagérée, et qui ressemblent, sous la blancheur de leur voilure, à des cygnes géants qui glisseraient sur les flots. Quoique léger, le *Rubis*, auprès de ces navires de large envergure, n'était guère qu'un lourdaud, et ma foi! je ne me voyais pas blanc. Ripert, Jorre et Hercla n'en disaient pas long, non plus, sentant Cherbourg assez loin encore et le balaou de plus en plus près.

Un peu moins de brise, une accalmie relative dans la bourrasque, et nous étions perdus! Par bonheur, le vent semblait reprendre de la force et nous couchait de plus en plus sur l'eau; mais c'était de même pour l'autre, qui gagnait toujours, et qui nous rejoindrait à l'aise, si nous ne

LA POURSUITE.

trouvions pas un moyen quelconque d'entraver sa route, de l'embarrasser n'importe comment.

Le bandit semblait sûr de son affaire, et, de temps en temps, un petit nuage de fumée blanche, aussitôt emporté par le vent, nous montrait que, pour nous intimider, il faisait feu de ses pierriers. Peine perdue! Il était trop loin encore, et le bruit de la détonation n'arrivait même pas jusqu'à nous.

Fallait-il être si près du port et retomber dans les mains de ces gueusards, qui cette fois ne nous lâcheraient plus, instruits qu'ils étaient par les gens de la patache, furieux, comme bien vous pensez, d'avoir porté la peine de leur couardise.

Mais il n'y avait pas à dire, le balaou nous gagnait d'une façon désespérante, et j'avais beau, par delà les vagues monstrueuses, chercher à apercevoir les côtes de France, à droite et à gauche de Cherbourg, accroupi dans le fond de son entonnoir, rien, rien encore!

Tout à coup l'idée me vint de l'homme qui nous restait, et que, par bonheur, je n'avais pu jeter à la mer, comme ses camarades. En supposant que nous pussions rentrer sans encombre, il fallait toujours bien s'en débarrasser, et je m'étais promis, comptant sur la sécurité complète, de le déposer ici ou là, car je ne pouvais point le ramener à Cherbourg, en guise de marchandise vivante. Sortant du *Rubis*, la vermine se serait empressée de tout raconter à son consul, ce qui eût été gênant pour moi et aussi pour M. Josias; tandis que l'ayant laissé aux Écrehous, par exemple, avec quelque perte de temps ou même en un point quelconque de la côte, vous comprenez bien que j'aurais nié comme un bon diable, et qu'il n'en serait rien résulté de désagréable.

Je fis signe à mes hommes d'approcher, et quand ils furent là, jambes écartées et bras ballants :

— Ça ne m'a pas l'air d'aller trop bien pour nous, leur dis-je, qu'en pensez-vous?

Ripert répondit le premier pour affirmer que cela lui semblait aller tout à fait mal. Jorre appuya et, pour raison suprême Hercla dit qu'il ne donnerait pas cher de notre peau.

Ça ne leur plaisait guère, bien évidemment, mais ils faisaient contre fortune bon cœur et cherchaient encore le mot pour rire. Rudes gaillards, allez, monsieur, c'est moi qui vous l'affirme, foi d'Antoine Basbris !

— C'est égal, leur dis-je, nous ne sommes pas encore au bout de notre rouleau, et si nous pouvions tant seulement gagner une heure, nous aurions bien des chances d'entrer à Cherbourg.

— C'est sûr, dit Jorre, mais il faudrait la gagner.

— Et ça ne me paraît pas facile, appuya Ripert.

Hercla ne dit rien, mais je crois bien qu'il n'en pensait pas davantage. Ce grand diable de balaou le fascinait, et, comme nous disons, nous autres, lui coupait la chique.

— Garçons, m'écriai-je, les nageoires de ces marsouins sont longues, mais ils ne nous tiennent pas encore. Allez, à deux, chercher l'Angliche qui est en bas, et si vous m'en croyez, nous allons le leur jeter dans les jambes.

Ça fut bientôt fait ; ils l'amenèrent et, sans lui dorer la pilule, je lui exposai la chose.

— Mon camarade, lui dis-je, j'en suis bien fâché, mais tu vois ce qui nous pend au bout du nez, si je ne parviens à y mettre bon ordre, et foi de matelot ! je ne sais pas d'autre moyen que de te jeter par-dessus bord !

Je ne vous affirmerai pas que c'était pour lui plaire, mais c'était un crâne, et il ne broncha pas. Il me regarda même, d'un air tout à fait brave et se contenta de dire, et sans trembler, ma foi :

— Very well !

— Je vois que tu comprends, ajoutai-je ; mais je dois te dire qu'à mon estime tu ne courras pas grand danger. On va te passer la bouée autour du corps, et nous te fixerons un pavillon tricolore, le long de l'échine, pour que ceux de là-bas ne te perdent pas de vue. Alors, ils s'arrêtent forcément et nous laissent prendre de l'avance, car je ne pense pas qu'ils osent te dire : attends-nous là, mon brave et nous te cueillerons en revenant.

Il sourit à cette mauvaise plaisanterie, ce qui prouve, comme je viens

de vous le dire, que c'était un crâne, et se contenta de répéter :

— Very well!

Un pareil sang-froid me causait bien quelque émotion, mais il y allait de nous! Et puis le gaillard n'avait point fait tant de façons pour nous jeter le grappin dessus, en exploitant notre courage.

N'importe! je lui fis donner une demi-bouteille d'eau-de-vie.

— Tiens ça solidement dans ta main, lui dis-je, et si le froid te saisit, en attendant les autres, ça te réchauffera.

Il prit la bouteille et se laissa faire. Nous lui passâmes la bouée autour du corps, et Ripert ayant trouvé de quoi tenir lieu de hampe, enfila le pavillon dans une drisse et fixa le drapeau, ainsi constitué, à l'aide de quelques brasses de filin, le long de l'épine dorsale du goddam. Puis, une, deux, trois, enlevez!

L'homme se tint, pendant, quelques instants, dans le sillage du *Rubis,* et nous le vîmes même faire une première et longue caresse à la bouteille qu'avec un sang-froid admirable, il reboucha; et bientôt il disparut dans les vagues. Parfois seulement, nous l'apercevions, grâce au pavillon qui flottait, et que devaient voir, de même, et de mieux en mieux, ceux qui nous donnaient la chasse.

Je ne vous dirai pas, monsieur, que ma conscience était parfaitement tranquille; mais enfin, ce n'était pas gai de retomber dans les filets de ces particuliers-là et, ma foi, chacun pour soi! Ils n'avaient qu'à nous laisser poursuivre notre route, n'est-il pas vrai, et à ne pas nous attirer dans un piège, Hercla, Ripert, Jorre et votre serviteur, en faisant appel à nos bons sentiments! Dans ce temps-là, nous étions inscrits, tous les quatre, au quartier de La Hougue, et nous avions passé notre enfance à nous demander ce que c'étaient que ces épaves à moitié enfoncées dans le sable, et qui se montraient aux grandes basses mers d'équinoxe, comme des squelettes énormes de cétacés antédiluviens.

En grandissant, on nous avait appris que c'étaient les vaisseaux d'un des plus vaillants marins de la France, Hilarion de Cotentin, comte de Tourville, coulés là après la défaite au-devant de laquelle le rude Normand avait couru, en luttant, par ordre, contre des forces doubles des siennes.

Ces défaites-là, monsieur, ça vaut bien des victoires; et ce qui dépassera toujours les bornes de mon entendement, c'est que les vainqueurs s'en glorifient. Dans nos batailles de riverains, deux hommes qui se battent contre un seul, sont réputés pour lâches ; il paraît que la morale des nations n'est pas la même, pas plus que leur honneur. Vous savez ce que je veux dire, et je n'ajoute rien.

Bref, mes calculs ne furent pas trompés. Si bonne envie que ces gens-là eussent de nous atteindre, il ne leur était pas facile de laisser mourir un des leurs, et de passer outre. Les sauvages eux-mêmes ne feraient pas cela.

Quelques moments après, le pavillon n'étant plus, pour nous, qu'un point presque imperceptible, le balaou amena ses voiles et manœuvra de façon à opérer le sauvetage.

Mais quelque adresse que l'on ait, ces choses-là ne se font point en un clin d'œil, et nous en profitâmes pour détaler au plus vite. Nous vîmes bien, mais de très loin, le balaou se couvrir de toile, mais c'était maintenant peine perdue, et le soir même, avant la tombée de la nuit, le *Rubis* entrait comme une flèche dans la rade de Cherbourg.

Qui est-ce qui ne pesait pas lourd sur le pont ? C'était votre serviteur, monsieur, et je crois bien que les côtes de France ne m'avaient jamais paru si belles, malgré l'espèce de brume qui les enveloppait, et qui n'était autre chose que les crachats de la tempête mourante.

Le lendemain, le *Rubis* était amarré à quai, dans le bassin, avec l'air innocent d'un bon vieux cotre qui n'a rien à se reprocher, et de bonne heure, après avoir fait un bout de toilette, je me présentai chez M. Josias.

Lorsqu'il m'aperçut, sa figure s'éclaira, et je vis bien que mon retour le tirait tout de même d'une grande peine. Si riche que l'on soit, ce n'est pas sans inquiétude que l'on risque d'aussi grosses sommes. Il est vrai qu'en les risquant, on leur fait faire des petits et que les sommes risquées, jusqu'à ce jour, par M. Josias, avaient de nombreuses familles.

Séance tenante, et après m'avoir félicité chaudement du succès, qui lui paraissait encore plus considérable, après les péripéties du voyage, il me compta les trois mille francs promis, avec les mille écus que je lui avais laissés, sans oublier la part de mes hommes, et vous pensez bien que, dans la journée même, je partis pour Réville, avec mes six cents pistoles en poche, ce qui ne m'empêchait point d'être léger comme un zéphyr.

Vous savez le reste, monsieur, puisque vous connaissez Suzon, qui, dans ce temps-là, s'appelait Suzette. Il y a près de quarante ans

que nous vivons ensemble, et tous nos garçons et les garçons de nos garçons, sans exception, sont à la mer.

La mer, voyez-vous, monsieur, il n'y a que ça pour faire des hommes. La marâtre en dévore un bon nombre, mais quels durs à cuire que ceux qui restent! Je ne dis pas cela pour moi, qui n'en peux mais, et qui prendrai bientôt ma dernière feuille de route; mais, rien que de vous avoir raconté ce que je viens de vous dire, ça me rajeunit de vingt ans. Et maintenant, rentrons, si vous le voulez bien, et nous reprendrons l'entretien, une autre fois, pourvu que cela vous agrée.

Il se mit sur jambes, légèrement, et nous regagnâmes le village, marchant sur nos deux ombres que la lune, encore un peu basse, allongeait sur le sable de la dune, ayant derrière nous le bruit de la mer qui, bien que calme, faisait du vacarme, dans les rochers, et, de temps en temps, s'y engouffrait, avec un fracas plus fort et plus sourd.

Et je quittai le pilote-major, après lui avoir serré vigoureusement la main, à la porte de sa modeste maison riveraine, celle-là même où jadis Suzette se mettait à la fenêtre pour le voir passer, fringant et brave, et où maintenant Suzon attendait son vieux.

II

LA SUZETTE

— Puisque vous semblez y tenir, monsieur, me dit le pilote Basbris, je vais vous raconter ma dernière aventure, au temps où la reine d'Angleterre ne m'honorait pas encore de ses faveurs, et où j'étais à peine apprenti-pilote. C'est de l'histoire ancienne, et qui me paraît déjà vieille de plus d'un siècle.

Nous nous trouvions, à ce moment-là, installés côte à côte, sur une sorte de belvédère, avec des balustrades en bois de chêne, et muni d'un mât de pavillon le long duquel, les jours de fête nationale, Antoine Basbris hissait lui-même le drapeau tricolore, à la première heure.

Le vieux marin, toujours amoureux du large, avait présidé à cette installation qui, dans les beaux soirs, lui permettait de contempler, jusqu'au coucher du soleil et même après, la haute mer jusqu'à l'extrême horizon.

En face de nous, à nos pieds, la rade de Cherbourg, fermée par la digue, avec sa tour centrale, ses musoirs, et, de place en place, ses batteries de canons; à droite, la contrée riveraine, jusqu'à la pointe de Fermanville; à gauche, le port militaire, ses forts et ses glacis, avec les bas-mâts des vaisseaux en réserve, s'allongeant dans le ciel, au-dessus des casernes; le fort Chavagnac, au milieu de la passe, ses murailles de granit empourprées par les rayons du couchant, et, dans le lointain, les lourds et multiples bastions de Querqueville.

La soirée était des plus calmes et des plus belles. Le soleil, tout rouge, s'en allait, dans l'ouest, tout au fond de la passe, embrasant toute la côte, jusqu'aux premières frondaisons du Val de Saire ; et déjà,

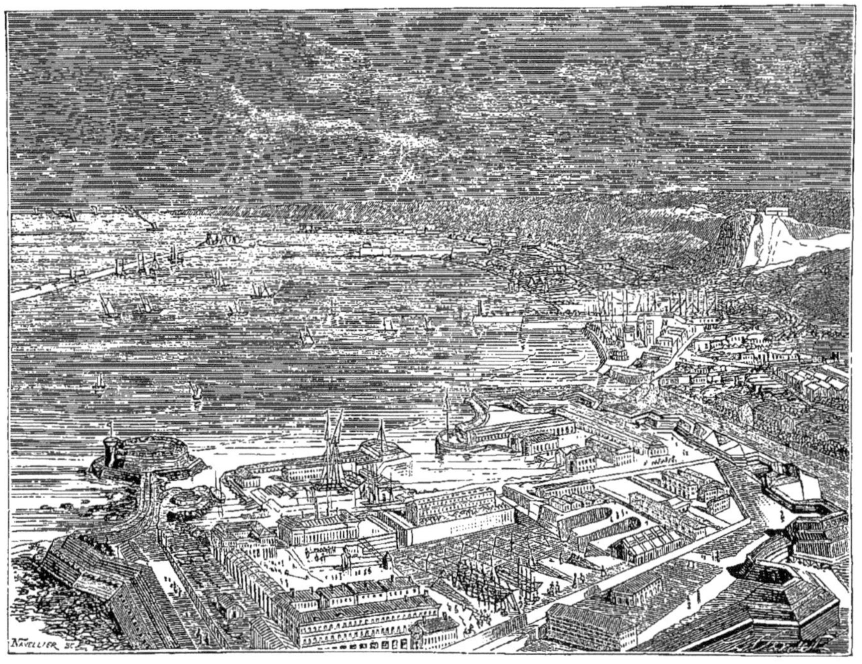

partout, les feux s'allumaient, tout le long de la digue, dans l'arsenal, dans l'île Pelée ; et beaucoup plus loin, le feu rouge à éclats de Caplévy, jetait dans la mer somnolente des reflets infinis.

Ces soirées d'été sont interminables ; elles vont jusqu'à l'aube ; et l'horizon de l'ouest s'obscurcissait déjà que j'écoutais encore, de toutes mes oreilles, le récit du vieux pilote-major, toujours solide, mais assagi, et qui tout heureux qu'il était, même riche, regrettait, sans doute, les aventures des jours passés.

Le flot de la rade, remué par une toute petite brise, faisait un doux et monotone tapage; et la statue équestre de l'Empereur le bras tendu tout de son long, vers le nord, semblait commander le calme aux vaisseaux de guerre qui suivaient les différentes phases de la marée, et viraient, de temps en temps, autour de leur corps-mort.

Antoine Basbris, dédaigneux des progrès modernes, battit le briquet, alluma sa pipe, et après une demi-douzaine d'énormes bouffées, qui s'en allaient en spirales, attirées par le vent de la mer, commença :

— Cette après-midi-là, monsieur, il ventait grande brise, une après-midi de septembre, voisine de l'équinoxe, où l'atmosphère est pleine de surprises, surtout le long des côtes de la Manche, et jusque dans l'estuaire de la Seine.

La veille au soir, vers le coucher du soleil, dans son lit même, une sorte d'éventail immense s'était formé, un éventail de plumes gigantesques dont le développement atteignait les dernières limites de l'horizon opposé.

Le couchant les embrasait de teintes pourprées, d'un effet admirable; mais les gens de la côte et les routiers des grèves ne se laissent pas prendre à ces beautés-là, et, tout en bavardant le long de la mer qui brisait raisonnablement encore, en hypocrite qu'elle est quelquefois, nous nous disions l'un à l'autre :

— Voilà qui promet, pour demain, un fameux coup de vent!

Il y a de cela quelque chose comme deux douzaines d'années, et j'étais solide au poste, comme pas un.

Ces douze années, multipliées par deux, m'ont rudement pesé sur la tête, il faut le croire, car les yeux sont moins perçants et les jambes plus rudes, et vous ne vous imagineriez sans doute pas qu'un vieux dur à cuire de ma sorte aime aujourd'hui à se pelotonner dans son cadre (1), et à faire la grasse matinée.

(1) Lit des matelots à bord des navires.

C'est pourtant la vérité; mais le cadre est tourné vers la mer, et à travers le hublot, c'est-à-dire la fenêtre, donnant sur le large, mais aux vitres toujours transparentes et claires, grâce aux bons soins de Suzon, c'est toujours elle que j'aperçois, aussitôt que j'ouvre l'œil.

Les marins ne sauraient se passer de ce spectacle-là, et quand ils n'ont pas perdu la boule avant de déraper, et comme vous dites, vous autres savants, de s'en aller *ad patres*, c'est pour elle leur dernier regard et leur dernière pensée.

Vous ne comprenez peut-être pas cela, les Parisiens, qui naviguez, à ce que l'on dit, sur la Seine.

Je ne la connais qu'à son embouchure, qui n'est pas toujours commode. J'en sais quelque chose, car il m'est arrivé souvent de relâcher, poussé par la rafale, soit au Havre, soit à Honfleur.

La bourrasque passée, et tout en reprenant le large, pour rallier Saint-Vaast ou Cherbourg, je me demandais ce que des marins peuvent aller faire à travers les terres, à bord de navires traînés comme des voitures, par des bêtes qui peinent, sur le chemin de halage.

Il paraît qu'il y a par là, au bout d'un long ruban de fleuve, une ville qui s'appelle Rouen, et où il fallait porter, dans le temps jadis, de la houille et des balles de coton à n'en plus finir, pour la pâture des usines et des filatures.

C'est qu'il n'y avait alors ni chemins de fer, ni bateaux à vapeur, ou si peu que ce n'est pas la peine d'en parler, et que, pour tous ceux qui s'y donnaient, le métier de marin exigeait encore quelque habileté, quelque expérience et quelque audace.

Aujourd'hui, il ne faut guère compter que ceux de la pêche et du pilotage; le reste n'y entend rien ou pas grand'chose : steamer et locomotive, c'est tout un, et pas plus de danger sur l'eau que sur les rails!

Pour aller plus vite, on va plus vite, c'est sûr! Mais, ça n'empêche pas que les hommes ne sont plus que des poules mouillées, et qu'ils ont peur de la mer. Entendu!

Vous n'avez qu'à promener vos regards sur la rade : comptez les

cheminées des vapeurs ; il n'y a que de ça ! Pour les voiliers qui sur-
vivent, ils viennent du Nord, chargés de bois ou de charbon qu'ils
prennent en passant. Oui, monsieur, la vraie marine s'en va, et elle ne
ressuscitera jamais.

Tournez la tête à droite et jugez par vous-même du changement qui s'est
opéré par ici. La voie ferrée s'allonge à travers les herbages gras du Coten-

ROUEN.

tin, et quand la machine jette son cri rauque et retentissant, le bétail s'enfuit affolé, par les herbes hautes, troublé dans sa quiétude accoutumée.

Les diligences faisaient moins de bruit que les trains, et le bétail
se rend très bien compte de cela : les bêtes se font plus difficilement
au progrès que les hommes.

7

Dans ce temps-là, monsieur, un quart de siècle à peu près, je faisais des voyages pour le compte de M. Josias, marchand d'eaux-de-vie des places de Saint-Vaast et de Cherbourg, et j'avais à ma disposition deux bateaux : un cotre le *Rubis*, le plus fin voilier qui ait jamais roulé dans la Manche, et une bisquine assez vieille d'apparence, mais qui portait la toile comme un bateau tout neuf et n'avait point sa pareille pour courir grand largue, et piquer dans le vent par les temps les plus durs.

Elle sortait des chantiers de Saint-Vaast, où les constructeurs faisaient de fameuse besogne, avant l'invasion du fer et de la houille, et je l'avais achetée pas cher, à la vente d'un patron de Réville saisi par les huissiers, et qui l'aurait bue jusqu'à la quille (1), si on l'eût laissé faire.

La boisson, monsieur, voilà ce qu'il y a de pire chez nous, et si tous ceux qui vivent de la mer étaient plus sobres il leur tomberait beaucoup moins de misères !

Enfin, il n'y a rien à faire à cela, et il faut bien subir ce que l'on ne peut empêcher.

Aussitôt en possession de cette bisquine, je m'empressai de faire toutes les démarches nécessaires pour la débaptiser et je fis inscrire, à l'arrière, en belles lettres dorées, le nom de *Suzette*.

Je n'ai pas besoin, je pense, de vous rappeler que ma femme s'appelle Suzanne, car vous la connaissez, monsieur, et vous savez que depuis notre mariage, il n'est pas survenu un malheur dans la maison.

Vous comprenez bien qu'avec mon expérience de fraudeur, toujours content de duper le fisc anglais, je m'étais dit qu'un vieux bateau de cette apparence, lourd et massif, attirerait beaucoup moins l'attention des gabelous, et que tout en ayant l'air de faire la pêche, il n'y avait qu'à saisir une bonne occasion pour leur passer, sous le nez, les eaux-de-vie de M. Josias.

Le gin et le whiskey, voyez-vous, ça se laisse boire, quand on n'a pas

______

(1) Longue pièce de bois sur laquelle reposent toutes les parties d'un bateau.

autre chose ; mais les eaux-de-vie de France, ça fait toujours prime sur
tous les marchés, et les gosiers britanniques, quoique peu délicats,
ne s'y trompent guère.

Donc, vous voyez cela d'ici : un vieux bateau d'aspect tout à fait
honnête, respectable même, coque
noire et large liston rouge, peu fait,
en un mot, pour mettre en éveil les
yeux les plus perçants !

En ai-je passé, monsieur, dans la
grande terre et dans les îles nor-
mandes, de ces barriques remplies
jusqu'à la bonde, d'un liquide spiri-
tueux dont nous n'aurions pas voulu
chez nous, et qu'on prenait là-bas,
pour tout ce qu'il y a de plus déli-
cat au monde !

Les peuples ont les gosiers qu'ils
méritent, et si ceux des Angliches
sont en fer, ceux des Teutons sont
en acier, et fameusement trempés,
vous pouvez m'en croire !

N'importe ! cela n'empêche point
leurs braillards hypocrites de dire
que nous sommes les premiers ivrognes du monde, et qu'un pays qui
distille le cognac est un pays perdu
à jamais..., s'il ne l'exporte pas.

C'est pourquoi je ne me suis jamais fait le moindre scrupule d'en

passer en fraude, autant que je l'ai pu. Pas toujours du bon, par
exemple ! M. Josias, en homme habile et soucieux de ses intérêts,
s'entendait aux mélanges. Mais, brûler l'estomac d'un Anglais, en frus-

trant le trésor de la Reine, oseriez-vous dire que ce n'est point là une action doublement méritoire ?

Malheureusement la grande terre m'était à peu près interdite, depuis certaine aventure que je vous ai racontée jadis, et je me voyais contraint de me rabattre sur les îles, et pour cela, de choisir des temps de tremblement.

Dans le chaos des éléments, les gabelous, comme la plupart des mortels, songent à se mettre à l'abri, autant que possible, et ne se doutent pas des signaux de reconnaissance qui nous viennent de terre.

Donc ce jour-là, par un temps assez menaçant, et la *Suzette* convenablement chargée de futailles pleines, à destination d'Aurigny, je sortais de Saint-Vaast, à la marée montante.

Jusqu'alors, j'avais eu une chance de tous les diables, et il ne m'entrait pas dans l'idée que quelqu'un, si malin qu'il fût, pût mettre le grappin sur votre serviteur.

Il n'y a rien de tel que la confiance en soi-même, pour réussir dans les circonstances les plus scabreuses de la vie !

L'aspect du ciel ne disait rien de bon, et la brise prenait de la force ; mais nous en avions vu de tant de sortes, Hercla, Jorre et moi, sans compter mon dernier garçon, aujourd'hui lieutenant de vaisseau dans la marine de guerre, que nous n'avions peur de rien, ni de la bourrasque, ni des gabelous.

La *Suzette* était aussi brave que nous. Ces vieux bateaux-là, monsieur, sont comme de vieilles carcasses humaines, encore solides, sans en avoir l'air. On dirait que le moindre grain les ferait couler bas, et ils passent à travers tout, sans y laisser un grelin (1).

C'est merveilleux, sans doute, mais c'est comme ça !

Je ne me charge point de l'explication ; mais, ce que je dis là, c'est la vérité vraie ; et quand la *Suzette* était à la cape, par gros temps, je ne sais ma foi pas si le *Rubis* aurait fait bonne figure à côté d'elle.

(1) Petit cordage.

COMMENT AVEZ-VOUS GLISSÉ, AU MILIEU DE TOUTES CES ROCHES MARINES.

Et pourtant, quel bateau que ce *Rubis* ! Le moule en est perdu, monsieur, et les constructeurs, détraqués par la marine à vapeur, n'ont plus le même cœur à l'ouvrage.

Pour quelle raison un bateau qui n'a l'air de rien, se comporte-t-il parfois mieux à la mer que les plus fins voiliers? Personne ne résoudra la question d'une façon satisfaisante, soyez-en sûr !

Quant à moi, je considère cela comme un mystère, et après quarante ans et plus de navigation, je n'y entends pas mieux qu'aux premiers jours.

Toujours est-il que, vers le coucher du soleil, nous faisions voile à l'Ouest, en assez bonne route, quoique durement secoués, et sans tenir compte du cône d'alarme que, sous nos yeux mêmes, le sémaphore de La Hougue venait de hisser avec précipitation.

Le gros temps, ça nous connaissait : mais tout vieux lascar que j'étais déjà, je ne m'attendais pas à l'avalanche de vent, qui, en un clin d'œil, tomba sur nous sans crier gare : un cyclone de nord-est, comme on n'en avait jamais vu dans ces parages, et qui, en rade de Cherbourg, fit chasser les navires de commerce sur leurs ancres et les poussa d'une façon foudroyante, jusque sur la place d'Armes.

Que nous restait-il à faire puisque nous y étions, sinon à fuir devant le grain, ou plutôt dedans, les voiles serrées, à l'exception du petit foc qui tenait bon et suffisait à nous faire marcher d'un train d'enfer?

Revenir sur nos pas? Impossible d'y songer. Virer de bord, par un temps pareil, c'eût été de la folie, et, par-dessus le marché, de la folie inutile ; sans compter que nous étions déjà fort engagés dans l'Ouest, et que le plus prudent, si possible, était de gagner au large, pour éviter les brisants.

Mes hommes n'y étaient plus, n'ayant encore jamais vu pareille chose : une nuit des plus opaques succédant soudain à la clarté du couchant, tout ce que vous pouvez imaginer de plus horrible.

On se sait entre le ciel et l'eau, et voilà tout! Quant à ce qui peut survenir d'un moment à l'autre, le mieux est de n'y point songer, sous peine de ne faire que de mauvaise besogne.

Seulement de se savoir sur le pont d'un vieux bateau comme la *Suzette*, cela ne les rassurait guère. Des gaillards à poil, cependant, et que la tempête avait souvent traversés jusqu'aux os !

Oui ! Mais quand on se trouve au milieu d'un pareil chaos, il n'y a pas moyen d'oublier ceux qui sont restés à terre, et c'est ça surtout qui vous serre la gorge, à de certains moments.

Enfin, il n'y avait pas à dire, nous y étions et il fallait s'en tirer.

J'ai souvent remarqué que ces grains, aussi violents qu'inattendus, sont parfois sans durée, et qu'avec un solide bateau sous les pieds, bien étanche et bien clos, on peut rouler dans le tremblement, sans grand péril, à moins que le vent tournoyant ne vous jette sur quelque roche et ne vous y broie.

Et ce n'est pas cela qui manque dans ces parages, je vous prie de le croire !

Ce qui me rassurait un peu, avec mon inébranlable confiance dans la *Suzette*, c'est que je laissais le phare de Gatteville, et par conséquent le ras, assez loin dans le sud.

Dans le sépulcre, c'était, pour le moment, la seule lueur visible, et encore, grosse à peine comme une petite étoile.

Mais quel assaut pour la pauvre *Suzette*, bien arrimée c'est vrai, mais si peu faite à de pareilles secousses !

Supposez, monsieur, qu'après en avoir fait l'acquisition, comme je viens de vous le dire, l'idée me fût venue de baptiser la bisquine d'un autre nom, eh bien, j'ai la conviction que nous étions perdus !

Je sais bien que vous allez rire ; mais, nous autres marins, nous croyons à ces choses-là dur comme fer, et les plus malins de vos députés ne nous en feraient jamais démordre.

Elle geignait dur pourtant, la pauvre *Suzette* ! Elle gémissait comme un être vivant, elle craquait dans toute sa membrure ; et ses lamentations s'entendaient malgré le bruit ininterrompu de la mer et du vent.

Nous roulions ainsi, sans savoir où, au milieu du vacarme des éléments déchaînés, les nuages glissant au ras de l'eau, avec une rapidité effrayante et noyant, dans leur ombre épaisse, tous les feux indicateurs.

Le noir partout! Ce que nous appelons la bouteille à l'encre!

A coup sûr, nous avions dû passer en vue de Fermanville et aussi de la digue de Cherbourg ; ce qui est une manière de dire, car s'il était impossible de nous apercevoir nous n'y pouvions rien voir non plus. Cette brume opaque, roulée par la bourrasque, et qui nous entraînait avec elle, mangeait tous les feux de la côte.

A l'estime, je pensais bien que nous devions être déjà dans la Déroute ; mais où? Dans quels parages?

Et comment étions-nous encore vivants? Comment avions-nous glissé, sans y être broyés cent fois, à côté de toutes ces roches marines, qui se dressent partout dans le terrible passage ? Comment avions-nous pu rouler, sans les voir, entre le phare d'Auderville et les feux d'Aurigny? C'est ce que je ne saurais jamais dire ; et quand j'y pense encore, ce n'est pas sans un frisson de peur.

Hercla et Jorre, deux de mes plus anciens, se tenaient ferme aux cordages, de crainte d'être emportés, le gamin entre eux deux, pour qu'il reçût une moindre charge des terribles éclaboussures. Moi, j'étais à la barre, la serrant convulsivement, mais furieusement secoué par elle quelquefois, et avec tant de violence, que je voyais le moment où elle allait se briser entre mes mains crispées.

Et, dans les rares moments de relative accalmie, où le vent semblait s'épuiser pour souffler avec une furie nouvelle, je criais, de toute la force de mes poumons :

— Ohé, vous autres, ohé !

— Nous sommes là, patron, et pour sûr pas à la noce.

— Et le petit?

— Solidement amarré entre Jorre et moi. Pas de danger qu'il dérape !

— Dis-lui donc qu'il parle, Hercla, pour que je l'entende ; ça me fera plaisir.

Et alors le petit qui m'entendait, s'écria d'une voix perçante :

— Ne crains rien, papa, je suis...

Et le vent, reprenant de plus belle, emportait le reste de la phrase, si bien que je pouvais croire l'enfant jeté tout à coup par-dessus bord et déjà bien loin derrière nous, au milieu des vagues furieuses.

Alors, vous comprenez avec quelle impatience pleine d'angoisse, j'attendais la prochaine accalmie, pour l'interroger encore, et me donner du cœur, au son de sa voix.

J'ai plus de soixante ans, monsieur, et près de cinquante ans de mer, mais je vous jure que je n'ai jamais passé, sur l'eau, une nuit comparable à cette nuit-là.

Cependant, un pareil cataclysme ne peut pas éternellement durer; et déjà, quelques signes auxquels les gens rompus au métier ne se trompent pas, présageaient une prochaine embellie.

Dans l'ombre impénétrable qui nous enveloppait, quelques trous se creusaient de place en place, bientôt recouverts par les nuages roulant furieusement sous la poussée du cyclone; et presque aussitôt une formidable et cinglante averse tomba, une trombe d'eau si violente et si lourde que j'en avais la respiration coupée, et qu'en quelques minutes elle arrêta net le vent.

Ça ne nous empêchait pas d'être secoués dur encore, car la mer, aussi rudement fouettée, ne s'apaise pas de sitôt, dans son remue-ménage.

Enfin, le jour parut, blafard, à travers une atmosphère saturée d'embruns, une sorte de linceul très lourd, qui pesait sur nos épaules et nous amollissait.

L'envie féroce me prenait de m'étendre, tout de mon long, sur le pont, et de m'y endormir.

Hercla et Jorre paraissaient accablés, et déjà le petit, roulé en boule sous le beaupré, dormait à poings fermés, la tête posée sur ses deux bras arrondis.

Il me semblait bien, grâce à un fracas particulier de la mer, qui ne trompe pas des oreilles exercées, que la côte devait être prochaine; et en effet, lorsque son tumulte assourdissant se calma progressivement, nous aperçûmes, à tribord, les brisants et les formidables roches d'Aurigny, si bien arrosées par l'écume retombante des vagues pulvérisées, que des prismes nombreux s'y formaient sous les rayons obliques du soleil, semblables à une multitude de petits arcs-en-ciel.

Le pire, c'est que nous dérivions, lentement, c'est vrai, sur Aurigny, où nous portait le courant du ras Blanchard, qui, derrière nous, blanchissait et faisait tapage.

Il y a peu de fond, fort heureusement, dans la Déroute, et, malgré la mer encore très dure, je fis jeter l'ancre et nous mouillâmes.

Elle tint bon, malgré les sauts prodigieux de la *Suzette*; mais cela ne nous empêchait pas d'être dans une situation des plus critiques, en plein dans les eaux anglaises, sans un souffle de vent pour nous éloigner, et avec cette perspective que, la mer une fois calmée, la *Suzette* serait aussitôt remarquée, et attirerait l'attention de la douane, plus soupçonneuse là que partout ailleurs, et pour cause.

Peu à peu, les lourdes vagues s'aplatirent, se heurtèrent avec moins de furie ; tout rentrait dans l'ordre, après cette vertigineuse bourrasque, où nous aurions dû être engloutis cent fois ; et quand flamboya sur nos têtes l'ardent soleil de midi, il n'y avait plus que la houle, assez supportable, et qui bientôt, selon toute apparence, allait faire place à un calme blanc.

Qu'adviendrait-il de nous, si la douane des îles était prise d'idée de nous rendre visite et de vérifier mes papiers de bord?

Perdus, emprisonnés, confisqués! sans compter les méfaits antérieurs qu'il faudrait payer sans doute, car le nom d'Antoine Basbris, *Bébrè*, comme disent les Angliches, dans leur singulier langage, était connu dans tout l'archipel.

Hercla et Jorre dont les vêtements fumaient sous les rayons incandescents, demeuraient soucieux. Le sentiment d'avoir échappé par miracle à cette effroyable trombe ne les rassérénait point.

Comme moi, ils voyaient la bisquine immobile, et, les yeux fixés sur l'horizon, ils semblaient se demander s'il n'en allait point sortir quelque chose de très désagréable pour nous.

En ce moment, rien de visible encore sur la mer, je veux dire rien de vivant, ni caboteurs, ni pêcheurs.

De place en place, dans l'île, des fumées montaient tout droit dans le ciel, en floconnant : des paquebots qui chauffaient pour sortir, sans doute, et qui se dépêchaient pour rattraper la perte de deux marées !

Bref, monsieur, je me faisais vieux, comme on dit, pris comme dans une souricière, si le hasard voulait qu'avant la plus petite brise, la *Suzette* fût remarquée et surtout soupçonnée.

Mais, j'ai toujours eu pour habitude de faire à mauvais vent bon visage, principalement dans ces occasions où une apparente insouciance peut empêcher le moral des hommes de faiblir.

— Ma foi ! m'écriai-je tout à coup, j'ai l'estomac dans les talons, et vous de même, je suppose ; qu'est-ce que vous en dites ?

— Dame ! fit Jorre, un morceau de biscuit trempé dans l'eau-de-vie serait le bienvenu pour le moment.

Et Hercla, tout aussitôt, ajouta :

— Tout de même, ça ne serait pas de refus.

— Eh bien, dis-je, puisque le mousse dort, descends dans la chambre, Hercla, et rapportes-en ce qu'il faut.

Il reparut bientôt, avec une bouteille et trois verres, et du biscuit dans les poches de sa vareuse.

Alors nous nous installâmes tous trois, sur le panneau même, recouvert de son prélart, la bouteille et les verres déposés là, sans précaution, au milieu de nous trois, car la *Suzette* ne bougeait pas plus maintenant qu'un rocher sur la terre ferme.

Et lorsque les premières bouchées, imbibées du bon cognac des Charentes, furent englouties, Jorre, qui tenait, entre le pouce et l'index, un morceau de biscuit qu'il agitait dans son verre à demi plein, se leva tout à coup, comme s'il eût aperçu quelque chose de grave :

— Eh bien, lui demandai-je, qu'est-ce qui te prend donc ?

Jorre, sans répondre, posa son verre sur le panneau, et les deux mains en abat-jour, sur ses yeux, regarda fixement, du côté d'Aurigny.

IL ME SEMBLAIT BIEN QUE LA CÔTE DEVAIT ÊTRE PROCHAINE.

Hercla et moi nous en fîmes autant, et nous nous mîmes à promener nos regards sur la mer aveuglante.

Rien! Un désert de métal fondu, au-dessus duquel se dressaient les îles, et, par-ci par-là, les silhouettes fantastiques des rochers.

— Franchement, dit Hercla, ce n'est pas la peine de nous faire peur pour si peu.

Jorre ne répondit pas; mais, au bout de quelques instants, il allongea le bras dans la direction d'Aurigny, et, sur la mer embrasée, nous aperçûmes bientôt un point noir, qui semblait se diriger droit sur nous.

— La Douane, dis-je, nous sommes frits!

— Je le crois, fit Jorre.

Et Hercla ajouta, philosophiquement :

— C'est ce qu'il me semble.

Et pas moyen de faire un pas, de gagner dans l'Est, si peu que ce fût, pour entrer dans les eaux françaises! Pas le moindre indice de brise prochaine, n'importe en quel coin du ciel! L'immobilité complète, et par conséquent la fin de l'expédition commencée avec tant de bonheur, malgré la tempête imprévue, et la saisie des liquides de M. Josias, sans compter le reste.

Je poussai alors un juron formidable; mais je repris aussitôt possession de moi-même, et, apostrophant mes deux hommes :

— Ce n'est pas le tout de geindre, leur dis-je, il faudrait tâcher de s'en tirer.

Ils reprirent leurs verres déposés sur le panneau et les vidèrent d'un trait, jusqu'à la dernière goutte. Et Hercla qui avait toujours le mot pour rire, dit :

— C'est autant qu'ils n'auront pas!

Je ne pus m'empêcher de sourire et je repris :

— C'est vrai que c'est toujours ça, mais, si nous pouvions les empêcher de prendre le reste!

Ils me regardèrent tous deux, d'un air ahuri, et se contentèrent de me montrer, du geste, le point noir qui grossissait à vue d'œil, et qui décidément faisait route sur la *Suzette*.

Bientôt même, il fut facile de distinguer qu'il y avait quatre rameurs et un homme à l'arrière qui gouvernait.

— Pincés! me dis-je en moi-même. Il y a maintenant quatre-vingt-dix-neuf chances sur cent, de ne pas nous en tirer; mais, puisqu'il en reste une, attendons!

Aussitôt, je donnai l'ordre d'amorcer les lignes et de se mettre à la besogne, comme d'honnêtes et tranquilles pêcheurs.

C'était assez invraisemblable, après une telle nuit, et quand il n'y avait pas un bateau sur la mer, du moins en vue. Mais, avec du sang-froid on se tire de bien des mauvais pas, et mes deux hommes en avaient pour dix et même plus.

Vingt minutes après, la barque était à portée de la voix. Pas moyen de s'y méprendre, c'étaient les gabelous.

— Eh, là-bas! s'écria l'homme du gouvernail, en mauvais français, qu'est-ce que vous faites par ici?

— Vous le voyez, monsieur, répondis-je humblement, nous pêchons.

— Vous n'avez pas le droit, reprit-il, de pêcher dans les eaux anglaises.

— C'est vrai, monsieur, mais nous avons été poussés jusqu'ici par la bourrasque de la nuit, et, par ce calme, il n'y a pas moyen de nous en aller.

Sur ces entrefaites, il accosta et, très brutalement, cria :

— Jetez-moi une corde et dépêchons!

Que faire, sinon obéir? D'autant plus que les cinq gaillards étaient armés, et que nous avions nos couteaux pour unique moyen de défense.

C'était insuffisant.

Je lui jetai une corde, et il se hissa, bientôt suivi de ses quatre hommes, dont l'un, tenant entre les dents l'amarre de son canot, l'attacha, une fois sur le pont, à l'un des porte-haubans de la *Suzette*.

Alors, le chef se posa devant moi, les jambes écartées et les bras croisés sur la poitrine, et, d'un ton féroce, me dit :

— Qu'est-ce que vous avez là dedans?

— De l'eau-de-vie, répondis-je, à destination d'Angleterre. Nous avons été poussés jusqu'ici par le grain, mais vous pouvez croire que j'aimerais mieux être ailleurs.

— C'est bon, reprit-il, toujours dans son mauvais français de goddam; montrez-moi vos papiers de bord.

C'était assez difficile, les fraudeurs étant obligés, par nécessité de métier, de s'en aller toujours à l'aventure, et de débarquer leur cargaison prohibée, ici ou là, mais surtout dans les endroits écartés ou la surveillance, par cela même, est plus aisément trompée.

Hercla et Jorre pêchaient toujours, très attentifs en apparence; mais je les voyais très bien, qui nous guettaient du coin de l'œil, et tout à coup Jorre, jusqu'alors penché sur les bastingages, se redressa brusquement, un maquereau superbe au bout de sa ligne, et il s'y prit avec tant d'adresse, qu'il le colla, à plat, sur la figure de mon interlocuteur.

Et en même temps il se confondit en excuses, d'une façon si parfaitement hypocrite, que les larmes m'en venaient aux yeux, tellement j'avais l'envie folle de rire.

— Maladroit! m'écriai-je, butor, tu ne vois donc pas qu'il y a quelqu'un ici?

Jorre fit un geste de désespoir, en apparence si sincère, que le gabelou s'y laissa prendre, et, dans son baragouin, me fit entendre qu'il s'agissait d'autre chose, et qu'il voulait, à l'instant, prendre connaissance de mes papiers.

— Comment, lui dis-je en anglais, mais c'est tout naturel! Ils sont là dans ma chambre, et si vous voulez nous y descendrons ensemble.

Et tout en disant cela, je regardais de tous mes yeux dans le nord-ouest, pour voir s'il ne s'y montrait point quelque indice de brise prochaine, qui me permettrait de déraper, sans en avoir l'air, et de gagner les eaux françaises.

Une fois-là, les gabelous n'auraient plus qu'à descendre dans leur canot et à regagner Aurigny; mais, sur la mer plate et lisse comme un immense miroir, rien, pas une ride, pas une voile, sinon à la pointe de Goury, un

cotre couvert de toute sa toile, du haut en bas et qui, de loin, ressemblait
à un énorme goéland planant immobile. Un bateau qui attendait le vent,
comme nous, hélas!

— Allons! lui dis-je, descendons!

Mais, avant de mettre le pied sur la première marche de l'échelle, je
me retournai et, d'un air extrêmement naturel, je lui demandai s'il n'avait
pas la langue un peu sèche, et si un bon verre d'eau-de-vie de France ne
l i ferait point plaisir, à lui et à ses hommes.

Il y a des circonstances dans la vie où il faut savoir s'humilier, et, de
faire une pareille proposition à un cuistre de la sorte, j'en avais, je vous
le jure, la sueur au front.

—Acceptera-t-il? me demandai-je avec angoisse; ce serait toujours
autant de gagné, et si l'on pouvait prolonger cela jusqu'au crépuscule,
dame! on ne sait pas ce qui peut arriver, dans la nuit.

 . Il accepta, et, sans perdre une seconde, je saisis une bouteille pleine,
que je savais dans le roufle de la cuisine, et m'adressant à Jorre :

— Des verres, dis-je, promptement, et plus vite que ça! Apportes-en
pour tout le monde.

En un clin d'œil, Jorre revint avec ce qu'il fallait de verres, et une
autre bouteille qu'il avait glissée dans la fente de sa vareuse, où le goulot dépassait de quelques centimètres.

Je lui donnai l'ordre de déposer tout cela sur le panneau, et je remplis
les huit verres aux trois quarts.

Nous étions là tous huit, nous trois et les cinq gabelous, aussi d'aplomb
sur le pont de la *Suzette*, que dans une salle à manger de Cherbourg, et
immédiatement nous trinquâmes.

Les cinq verres des Anglais filèrent comme cinq lettres à la poste,
tandis que Jorre et Hercla, suivant mon exemple, après y avoir
trempé les lèvres, jetaient le contenu du leur par-dessus bord, au
moment même où les cinq camarades, la tête penchée en arrière, laissaient tomber le liquide dans leur gosier, comme des ivrognes, à la
régalade.

— Hein, m'écriai-je, en anglais toujours, qu'est-ce que vous trouvez de ça?

— *Very good*, répondit le chef, en tendant son verre que je remplis jusqu'au bord.

Et les quatre autres, appuyant, dirent ensemble :

— *Very good, indeed!*

Et, par respect de la hiérarchie, je suppose, ils tendaient aussi leurs verres.

C'était le moment de prendre la seconde bouteille, dans la cave de Jorre, entre cuir et chair :

— Allons, garçon, débouche!

Il fit sauter le bouchon, avec une adresse sans pareille, et la seconde tournée disparut comme la première.

Ce fut à ce moment que le chef aperçut le petit, dormant comme un ange, sous le beaupré; et sans doute cela lui inspira des idées tendres, car il me le montra du doigt, d'un air tout à fait paternel :

— Votre garçon, master, dit-il, la langue un peu lourde déjà; joli comme un petit Anglais!

— Je te crois, fis-je en moi-même, gabelou du diable! et si j'étais curieux je te demanderais de me montrer son pareil.

Et tout haut j'ajoutai :

— C'est mon dernier, et c'est avec moi qu'il navigue, pour apprendre le métier; voyez-vous, monsieur, c'est déjà marin comme un loup de mer, et ça n'a pas dix ans! Il faut commencer de bonne heure pour devenir quelque chose sur l'eau.

— Oh! yes, fit-il; nous boirons à sa santé, si vous voulez.

— Pardieu! si je le veux, m'écriai-je, mais je ne demande que cela.

Et les cinq verres remplis des gabelous furent instantanément vidés, rubis sur l'ongle. Il y avait de quoi assommer des taureaux; mais, je dois reconnaître que ces gaillards-là n'ont point leurs pareils, comme on dit chez nous, pour porter la toile.

L'objet de sa visite revenait même à la mémoire du chef, mais vaguement et de plus en plus indécis, à mesure que l'ivresse augmentait. Et, la langue très épaisse, très lourdement, il répétait:

— Pas possible de vous traîner à la remorque avec un canot et deux paires d'avirons; mais, à la moindre brise, nous appareillons et nous entrons dans Aurigny.

Il croyait me tenir déjà, le bandit! Et le fait est qu'à moins d'un miracle, il nous était difficile de nous en tirer, pour cette fois.

Par bonheur, les gabelous, c'est des marins d'eau douce, presque toujours, et ceux-ci ignoraient, à coup sûr, l'existence du courant qui porte sur Aurigny. Sans cela, nous étions flambés.

Ah! si j'avais pu pousser le soleil de toutes mes forces pour qu'il s'en allât plus vite! La nuit venue, on se tire toujours mieux d'affaire, avec un peu de chance!

Et pendant que les cinq Anglais, de plus en plus expansifs, me serraient les mains à tour de rôle, je saisis le moment, et je dis à Jorre entre haut et bas, de hisser le pavillon et de le mettre en berne.

Si le hasard voulait que la brise survînt et que le cotre de la pointe de Goury nous aperçût! Peut-être comprendrait-il et viendrait-il à notre aide, même s'il fallait nous remorquer à l'aide des avirons!

Pendant que Jorre exécutait mes ordres, les Anglais, sous l'influence du nectar qu'ils venaient d'avaler, nous montraient, dans un large rire, des dents énormes, et l'un d'eux, qui riait comme une bête, s'adressant à moi, et montrant du doigt le panneau où tout à l'heure nous étions assis :

— Même chose là-dedans, dit-il, bonne affaire!

— Ah! ça, non, mon vieux, fis-je assez brusquement; ce que nous venons de boire, en trinquant comme des camarades, c'est pour les amis; le reste c'est pour les Anglais.

Ils se mirent à rire d'une manière assez hébétée, et qui sentait l'ivresse envahissante; et, me voyant debout, ils voulurent aussi se lever par amour-propre, je suppose; mais c'était au-dessus de leurs forces et, tous cinq, ils retombèrent, en mesure, sur le panneau, avec un fracas de verres brisés qui réveilla le petit.

ILS ME MONTRÈRENT UN POINT NOIR SE DIRIGEANT VERS LA SUZETTE.

— Ce n'est rien, dis-je ; quand il n'y a plus de verres il y a encore des bouteilles, et c'est bien plus agréable de boire à même.

Le gamin, après s'être frotté les yeux, en apercevant des figures nouvelles, s'en vint tout de suite dans mes jambes ; il n'en revenait pas de voir ces cinq gaillards assis, et dont la tête, alourdie par les fumées de l'ivresse subite, emportait les torses à droite et à gauche, et les faisait se balancer d'une façon plus comique encore, grâce à l'expression ineffablement stupide des physionomies.

En ce moment Jorre remontait avec six bouteilles cachetées ; il en donna une à chacun de nos hôtes, et gardant pour lui la sixième, fit sauter le goulot d'un coup sec de manche de couteau ; puis, passant le col brisé entre ses lèvres, il se mit à boire, ou du moins à faire comme s'il buvait.

Alors Hercla, d'un air tout à fait déconfit et furieux, l'injuria grossièrement en lui disant qu'il pourrait bien laisser au moins quelques gorgées pour les camarades.

Les goddem en riaient aux éclats, ouvrant des bouches larges comme des écoutilles ; puis, tenant chacun sa bouteille, ils firent comme Jorre, brisèrent le goulot et se mirent à boire comme si c'était de la tisane.

Ça ne fut pas long, comme bien vous pensez ; et moins d'un quart d'heure après, ils tombaient tous cinq comme des masses.

Les gaillards n'étaient plus dangereux, momentanément du moins ; mais ça ne nous tirait pas d'affaire, et malgré le couchant rougeâtre, lorsque vint le soir, la mer était aussi calme qu'au milieu du jour.

C'était peut-être une chance pour nous, parce que les voiliers ne pouvant pas sortir ; nous restions là solitaires, c'est vrai, mais en quelque sorte rassurés, et presque certains de passer une nuit tranquille.

Mais après, si ce calme énervant persistait ?

Les cinq gabelous en avaient leur charge, et très complète. Il fallait bien compter douze heures, au moins, pour les tirer de leur lourd et bestial sommeil ; mais ils se réveilleraient assurément, et alors quoi ? Qu'est-ce qu'il surviendrait ?

Le cotre, toujours couvert de toile, se tenait imperturbablement à la pointe de Goury ; sur la mer empourprée, dans l'Ouest, par le soleil couchant, c'était la seule tache vivante, quoique immobile.

Nous nous trouvions précisément au moment même de la nouvelle lune et, quelques instants après l'engloutissement du soleil derrière Aurigny, il faisait à peu près noir.

Le ciel était cependant clair ou presque, sans nuages toutefois, avec des étoiles timides qui se réfléchissaient très nettement dans la mer endormie, sans mouvement appréciable, si ce n'est le long des côtes où elle brisait indolemment.

Et, sur les deux surfaces blanchâtres, les falaises de Jobourg et les îles se détachaient en noir, assez peu distinctement, à cause de l'évaporation qui faisait quelque brume au-dessus de la mer.

Les cinq compagnons, étendus, tout de leur long, autour du panneau, dormaient, et non sans tapage. Le chef, entre autres, ronflait d'une façon bruyante. On eût dit l'innocence même.

Les jeter à l'eau, ou seulement les descendre dans leur barque, c'était bien facile ; oui, mais après? Est-ce que nous pouvions faire un pas, avancer d'une encâblure?

Et à mesure que la nuit s'épaississait, nos pensées devenaient plus lamentables, et nous finissions par nous dire que c'était très bête de se trouver sur un bateau solide, et d'être obligé de le regarder remuer au bout de sa chaîne, de droite et de gauche, au caprice des courants et de la marée.

Vous pensez bien, monsieur, que nous n'avions pas la moindre envie de dormir, sauf le petit, que Jorre avait descendu dans la chambre et glissé dans mon cadre. Et les heures nous paraissaient si longues, que nous nous demandions si nous n'avions pas quitté, depuis quinze jours au moins, le port de Saint-Vaast.

Il y a des gens pour dire que les heures d'angoisse passent comme les autres. Il m'est arrivé d'en traverser pas mal dans ma vie, et l'impression qui m'en est restée, c'est qu'on n'en voit jamais la fin.

Je sais bien que nous pouvions faire une chose : nous servir du canot des *goddem* pour gagner ou Goury ou Vauville, pendant qu'ils cuveraient leur eau-de-vie sur le pont de la *Suzette;* mais pour cela, il fallait laisser la bisquine au pouvoir de ces ivrognes.

Comment se résoudre à cela? Comment abandonner, sans essayer de la sauver, la cargaison fournie par M. Josias, à la discrétion de ces vermines? Non, c'était impossible, avant d'être réduits à la dernière extrémité, c'est-à-dire avant l'aurore !

Tout à coup, dans ce calme nocturne où pas un remous de la mer ne troublait le solennel silence, il me sembla entendre un bruit cadencé, quelque chose comme un clapotement encore lointain d'avirons.

— Écoute, Jorre, est-ce que tu n'entends rien? Et toi, Hercla?

Ils se penchèrent tous deux au-dessus des bastingages et, immobiles, écoutèrent :

— C'est par ici qu'on se dirige, dit Jorre, mais ça ne vient pas de l'île, ou bien alors c'est qu'on nous aurait contournés.

— Pour plus de prudence, lui dis-je, tu descendras le petit dans le canot de ces brigands, dès que je t'en donnerai l'ordre, et à la première alerte, nous filons.

— Entendu, patron, fit Jorre; mais je croirais assez que c'est le cotre de tantôt qui s'en vient voir de quoi il retourne.

— Si tu disais vrai, garçon, jamais de notre vie nous n'aurions joué pareille farce aux *goddem*. Attendons !

Le bruit, très régulier, se faisait toujours entendre, et même s'accentuait.

Les avirons tombaient dans l'eau calme, sans trop de hâte, maniés qu'ils étaient par des gens circonspects, ou dont un commandement prudent modérait l'impatience. Mais, ma foi! nous n'avions plus grand'chose à perdre, et, debout à l'arrière de la *Suzette*, je criai, de toute la force de mes poumons :

— Qui va là? Il y a un navire à l'ancre par ici, et vous pourriez vous jeter dessus sans en avoir envie.

— Vous êtes bien curieux, répondit aussitôt une voix qui ne m'était pas inconnue ; mais un navire à l'ancre n'a pas le droit d'oublier ses feux, s'il ne veut pas qu'on lui passe dessus.

— Eh bien, et les vôtres, capitaine Grou, m'écriai-je, où sont-ils, et depuis quand la patache l'*Alcyon*, de Cherbourg, navigue-t-elle, dans la Déroute, sans se faire reconnaître ?

— Que diable faites-vous donc par ici, Basbris ?

— Ah ! vous me reconnaissez, capitaine, lui dis-je, — sur la mer, et malgré une distance assez grande encore, nos voix résonnaient comme dans une chambre de navire, — eh bien, ce que je fais ici, c'est du mauvais sang. La tempête de la nuit dernière m'a poussé dans la Déroute, et les gabelous d'Aurigny sont à bord.

— Qu'est-ce que vous me dites là ?

— La vérité même : la *Suzette* est occupée pour le moment, par cinq *rascals* qui, fort heureusement, sont ivres-morts, et si vous vouliez, capitaine Grou, vous n'auriez qu'à nous jeter une amarre et à nous remorquer, en douceur, rien que jusqu'à Goury, puisque la brise se montre aussi paresseuse que ces Anglais.

— Dans une heure, c'est moi qui vous le dis, vous en aurez assez pour vous tirer d'embarras ; mais je puis toujours vous haler dans les eaux de France. Quant aux gabelous des îles, vous en ferez ce que vous voudrez.

— C'est cela, capitaine, accostez autant que possible et faites-nous jeter l'amarre. Quelle chance pour nous que vous vous soyez montré par ici ! Est-ce que vous avez aperçu notre signal de détresse ?

— Tout juste, répondit le capitaine de l'*Alcyon*, et c'est pour cela qu'il ne faut pas parler de chance. Sans cela, d'ailleurs, je me doutais de quelque chose, et il y a longtemps déjà que nous serions ici, si je n'avais craint d'éveiller l'attention dans l'île. Êtes-vous parés ?

— Envoyez, lui dis-je ; allons, Hercla, et toi Jorre, ouvrez l'œil, et vivement !

L'amarre, lancée par un homme de la patache, arriva en plein à l'arrière de la *Suzette*, et nos deux gaillards se jetèrent dessus comme bien vous pensez.

Moi-même, je m'occupai de déraper, sans trop de précautions, — les sommeils d'ivrogne ne sont pas légers, — et quand l'ancre remonta le long du bossoir, avant même qu'elle fût complètement sortie de l'eau je dis :

— Capitaine Grou, allez de l'avant !

Alors, le bruit des avirons résonna de plus belle ; mais jamais je n'en avais mieux apprécié la musique ; et de nous savoir bientôt hors de peine, moi et le petit, en ce moment allongé dans mon cadre, je ne tenais plus en place et je sautais comme un cabri sur le pont de la *Suzette*, au grand ébahissement de Hercla et de Jorre, qui s'y mirent aussi, sans souci des cinq *goddem* qui ronflaient comme des tuyaux d'orgue.

Pour comble de bonheur, il était facile de deviner, à un léger frémissement de la mer, que la brise arrivait, et je fis immédiatement larguer toutes les voiles, à l'exception du foc emporté, et que je ne pris point le temps de remplacer, pour le moment l'important était de filer.

Et lorsque souffla la première risée, la *Suzette* se penchant un peu, sous le poids de sa voilure, je m'écriai :

— Capitaine Grou, laissez-nous maintenant ; il ne faut pas vous compromettre dans cette affaire ; mais je ne vous serai jamais trop reconnaissant. Voilà de la brise pour au moins vingt-quatre heures, et je m'en vais, dans le sud, débarquer ma marchandise vivante aux Écrehous.

— Bonne chance, Basbris, répondit-il, mais ne faites pas d'imprudences.

— Dans quarante-huit heures à Saint-Vaast, repris-je, et je vous en donnerai des nouvelles, en déjeunant à l'hôtel de Normandie, chez notre ami Bisson, si le cœur vous en dit.

— Entendu ! et comme j'y serai avant vous, c'est moi qui commanderai.

Nous larguâmes l'amarre, si opportunément envoyée par l'*Alcyon*, dont le capitaine était un de mes vieux camarades, et, la brise fraîchissant, je donnai ordre de hisser tout, les bonnettes par-dessus les voiles, et de faire route au sud.

On eût dit que la *Suzette* prenait part à la fête, tant elle glissait légèrement sur la mer, qui déjà moutonnait et faisait quelque bruit, le long de sa coque penchée. Elle devinait qu'il nous fallait aller vite, pour la débarrasser de sa cargaison vivante et revenir à Cherbourg ou à Saint-Vaast, suivant la marée, avec le chargement intact de M. Josias.

Jorre et Hercla, à l'avant, les deux mains dans les poches de leur culotte, chantonnaient une vieille chanson marine, bien connue chez nous :

> Le vingt-et-un du mois d'août,
> Nous aperçûm's, sous l'vent à nous,
> Nous aperçûm's une frégate
> Qui fendait la mer et les flots,
> C'était pour entrer à Bordeaux.

Et avec plus de force, très satisfaits qu'ils étaient de la tournure des choses, ils lançaient à plein gosier la célèbre lamentation du capitaine anglais battu et fait prisonnier par le corsaire :

> Que dira-t-on de moi bientôt,
> En Angleterre et à Bordeaux,
> D'avoir fait prendre ma frégate
> Par un corsair' de vingt canons,
> Moi qu'en avait quarant' six bons.

Les cinq camarades dormaient toujours d'un sommeil de plomb, et comme la brise prenait quelque force, le roulis les remuait et finissait par les coller le long des bordages.

Ils grognaient bien un peu, mais ne se réveillaient pas et, deux heures plus tard, l'un après l'autre, et dans leur propre canot, Jorre et Hercla les déposèrent sur la maîtresse-île des Écrehous, puis, le dernier voyage accompli, revinrent à bord.

Nous laissâmes la barque s'en aller à la dérive, n'importe où et nous fîmes immédiatement route vers le nord, grand largue, l'allure favorite de la *Suzette*.

A la marée du jour, nous entrâmes dans Cherbourg, où M. Josias qui croyait sa cargaison perdue, me reçut à bras ouverts, et se fit du bon sang, vous pouvez m'en croire, lorsque je lui racontai l'affaire.

Comme je me croyais en quelque sorte engagé d'honneur, je choisis, quelques semaines après, un temps à mon idée, et je passai le chargement de la *Suzette* en Angleterre.

Ce fut mon dernier voyage de fraudeur, monsieur, et depuis lors, je me suis rangé, c'est-à-dire que j'ai mené une vie plus régulière. J'ai une femme qui est une perfection, des garçons qui nous donnent non-seulement de la satisfaction, mais qui nous font honneur, et servent leur pays en vaillants soldats de la mer, jusque dans les eaux chinoises, qui ont dévoré tant de bonne graine marine. Je suis heureux de toutes les façons, et s'il m'arrive quelquefois de faire grise mine, c'est « rapport à ma jambe », qui n'obéit pas toujours comme il faudrait. Tel que vous me voyez, avec ma croix et mes rentes, je n'ignore pas que bien des camarades me portent envie ; tout ce que vous voudrez ! Mais ça n'empêche pas que, dans mon existence calme et lucrative de pilote, je n'ai jamais retrouvé cela, — vous savez ce que je veux dire, — le danger, le péril grave même, et la conscience que l'on a d'être de taille à les surmonter.

La chose la plus sotte de la vie, c'est que nous n'avons pas le pouvoir de rajeunir.

Et le vieux pilote se levant, un peu difficilement, à cause de ses rhumatismes qu'il cachait autant que possible, s'appuya d'une main sur la balustrade du belvédère, et s'effaçant, pour me laisser m'engager sur l'échelle assez raide qui servait d'escalier :

— Après vous, monsieur, dit-il, et veuillez excuser tout mon bavardage.

Et comme je lui demandais, avec une certaine curiosité, ce qu'étaient devenus les cinq gaillards qu'ils avaient abandonnés aux Écrehous.

— Ma foi ! dit-il gaiement, je ne l'ai jamais su. Soyez convaincu qu'ils en ont été quittes pour un rhume. Je suppose cependant que Pinel, le roi des Écrehous, et le plus heureux des rois, puisqu'il n'a pas de sujets, leur aura offert l'abri de sa cambuse, et qu'ils auront regagné les îles à bord d'un pêcheur quelconque.

Et il ajouta, tout en me suivant, sur les marches de l'échelle à pic qui conduisait à son belvédère.

— Mais quels estomacs, monsieur! Non, je vous jure qu'en y mettant toute la bonne volonté possible, nous ne trouverions jamais les pareils chez nous.

III

UNE PRISE

— J'en ai vu, monsieur, et de toutes les sortes, depuis que je navigue, me dit le vieux pilote, et ça n'est pas d'hier. Maintenant, les rhumatismes, plus douloureux, durent aussi plus longtemps, et c'est à peine si je me traîne sur le port, ou le long de la grève, à l'heure de la marée. Pas moyen d'y résister ! La sirène prend plaisir, on le dirait, à mettre le grappin sur les anciens ; elle les enjôle, elle les entortille, et quand, perclus de douleurs, ils ne peuvent plus mettre un pied devant l'autre, on les voit, vous le savez, aux heures du plein, assis sur les jetées, le dos appuyé contre le parapet, aux premiers rayons chauds du soleil, l'œil au large, avec des paupières rougies par la salure marine, et qui leur donnent une expression mélancolique bizarre.

Ils ont la nostalgie de la vie maritime, peut-être même du danger. Dans l'inaction forcée du grand âge, ils s'usent et dépérissent, sans autre distraction que de se réunir par groupes, histoire de voir passer au large les longs courriers, d'apprécier leur tonnage et de critiquer leurs manœuvres. Oui, monsieur, nous en sommes tous là, et ça n'est pas toujours gai !

— Ah çà ! pilote, lui dis-je, vous vous vieillissez à plaisir, et nombre d'hommes jeunes encore se contenteraient de votre taille droite et de votre carrure.

— Regardez les autres, répondit-il, est-ce qu'ils ne sont pas tous comme moi, solides en apparence ; mais ça n'empêche pas qu'on est usé, fini, archifini comme marin ; et un vieux matelot qui ne navigue plus, voyez-vous, c'est tout juste aussi utile qu'une bouée qui ne tient plus par le fond, et qui roule au caprice du flot.

Le fait est que mon vieil ami Antoine Basbris avait vieilli, depuis notre dernière rencontre, et l'âge le rendait quelque peu morose, à moins d'être mis, adroitement, sur l'inépuisable chapitre de ses souvenirs.

Ils en sont tous là, ces antiques routiers de la mer, ennemis des progrès accomplis, comme tous les vieillards ! La lourde fumée des paquebots les irrite. Plus besoin de manœuvriers, rien que des mécaniciens ! Et pendant que les colosses de fer passent en vue, avant de se lancer en plein océan, ils haussent les épaules et prennent en compassion les marins d'aujourd'hui.

L'alliance de la voile et de la vapeur, ils comprennent encore cela : l'une à défaut de l'autre, à la bonne heure ! Mais ces petits mâts sans hauteur et gros comme des allumettes, piteusement plantés sur de pareils géants, non, ça fait sourire, quand ça ne fait pas pitié !

Et alors, ils évoquent, tour à tour, leurs souvenirs, les durs mais si bons temps d'autrefois, quand les navires n'étaient pas maîtres du vent, et qu'il fallait des hommes solides et endiablés, capables de tout, sous les ordres d'un commandant sachant son métier et n'épargnant point sa peine. Et parmi les plus anciens, ceux qui faisaient leur service à l'État, au temps de la guerre de Crimée, il s'en trouve encore pour dire :

— La marine est flambée, les camarades, et c'est le *Napoléon* qui lui a donné le coup de grâce, dans les Dardanelles, quand il a remorqué la flotte anglo-française, pour entrer dans la mer Noire.

Les plus jeunes, qui n'entendent pas de cette oreille-là, répondent :

— Dame ! avant tout, il fallait passer, et si le *Napoléon* ne s'était pas trouvé là, avec sa machine et son hélice, la mer Noire restait aux Russes, et vous étiez fumés.

Mais, les anciens qui n'en veulent jamais démordre, répètent, avec des haussements d'épaules significatifs :

— On aurait passé tout de même ; ceux d'autrefois en ont vu de plus dures que cela !

LE *Napoléon* DANS LES DARDANELLES.

Ça n'empêche pas qu'il n'y a plus rien à faire, et que la marine à voiles s'en va, de plus en plus, dans les nuages du passé.

Ce n'est pas avec de la toile qu'il est permis de gagner, en trente jours, et encore avec des escales, les points les plus éloignés des antipodes. Il faut bien en faire son deuil ; mais les vieux patriarches, pour se venger, prennent à l'égard des conscrits, des airs de protection curieux, et toute leur bile amassée se résume en ces quelques mots :

— Non, vraiment, on ne sait plus ce que c'est que de naviguer !

Et quand le jusant commence à s'accentuer, et que la plage abandonnée par le flot, découvre, et, dans certains parages, s'allonge jusqu'à l'horizon, où se profilent les masses des gigantesques falaises, pipe au bec et les mains dans les poches de leur culotte, ils regagnent lentement la cambuse, ennuyés, presque désœuvrés, et passent leur temps à raccommoder les filets de ceux qui sont au large, traînant le chalut (1) par tous les temps, et pas fâchés qu'il vente assez fort, parce qu'alors on est plus sûr de gagner sa vie.

L'activité n'était pas grande, dans nos ports de pêche, aux premiers jours de la funeste année 1871. Les riverains valides servaient un peu partout, dans l'armée de la Loire et dans les forts de Paris, toujours vaillants, toujours remarqués, et mettant, en quelque sorte, sur les sinistres pages de la défaite, des lueurs, non de victoire, hélas! mais de bravoure chevaleresque, la plupart du temps oubliées, et que le nombre impitoyable et victorieux, ensevelissait, sans même avoir la grandeur d'âme de leur rendre justice.

Ce qui restera, comme un stigmate éternel, sur les triomphes inespérés des armées allemandes, c'est l'affaire une fois terminée, la rage brutale des soldats sur les champs de bataille où roulaient leurs masses énormes et sans cesse renaissantes, et la hauteur dédaigneuse des officiers étonnés et qui, dans les premières heures, ne voulaient pas croire à de telles faveurs de la fortune.

Et pendant que l'on se battait sous Paris et que, dans la province, des hommes comme Chanzy, Jauréguiberry et tant d'autres tentaient de conjurer la défaite irrémissible et sauvaient l'honneur, les vieux pêcheurs de la côte normande sortaient timidement, abattus par cette succession de désastres qui tombaient sur la France, et qui semblaient inexplicables à leur chauvinisme, si digne de compassion et de respect.

(1) Sorte de filet traîné par les barques de pêche.

Dans ces tristes heures, mon vieil ami des jours présents, le pilote Antoine Basbris, un ancien de la Crimée et du Mexique, nourri dans cette idée que la France était à l'apogée de la gloire, et qu'elle n'en descendrait jamais, prenait la mer, de temps en temps, pour faire la pêche, histoire d'oublier momentanément, dans la bourrasque qu'il cherchait, et les malheurs du pays, et ses trois garçons, marins comme lui, et qui servaient à Paris, sous les ordres de leurs chefs héroïques.

Il n'y a rien de tel que l'excitation physique et la pratique du danger, pour atténuer les plus terribles obsessions.

Antoine Basbris savait cela, et c'était avec une sorte de plaisir poignant qu'il se lançait dans la tourmente, avec trois compagnons de son âge, c'est-à-dire ayant passé la cinquantaine, et qui formaient l'équipage de son cotre le *Rubis*, depuis que les plus jeunes avaient dû rallier les arsenaux, pour le service de la patrie.

Solides encore tous les quatre cependant, comme le vaillant bateau, et faits pour de bonnes besognes ; mais il faut bien qu'il en reste, dans les maisons abandonnées de la côte, pour nourrir les femmes et les enfants de ceux qui sont partis !

Dans l'équipage de Basbris, deux des matelots étaient grands-pères ; pas trop vieux, pourtant, cinquante-cinq ans à peine, mais bâtis en hercules et portant haut la tête, sur de larges et robustes épaules ; pas prodigues de paroles, oh ! non, parce qu'ils avaient l'esprit ailleurs, et qu'ils se sentaient constamment abattus par des désastres irréparables.

A eux quatre, le patron et les trois hommes, ils réunissaient deux siècles bien passés ; et comme il n'était pas bon de laisser à terre madame Basbris, toujours obsédée par la pensée des enfants qui se battaient pour la France, elle embarquait parfois, malgré la froidure et les coups de vent, malgré la neige qui, de temps en temps, faisait rage, ayant le pied marin, et se sentant moins morose, dans le voisinage du pilote, aussi chagrin qu'elle, mais qui faisait le brave et la rassurait, pour lui remonter le moral.

— Ça passera comme le reste, disait-il, et les garçons nous reviendront. N'est-ce pas un bonheur de savoir qu'ils sont vivants tous trois et que nous les reverrons?

La mère, moins forte, répliquait :

— Oui, s'il plaît à Dieu!

Et Basbris ajoutait, tout en dissimulant son angoisse paternelle, que certainement ça lui plairait, et que bientôt, cette affreuse guerre terminée, on se retrouverait, à la maison, pas gais, bien sûr! car il n'y avait plus d'espoir de s'en tirer avec avantage; mais n'est-ce pas déjà quelque chose de se revoir et de se trouver réunis, après de telles et si longues angoisses?

Madame Basbris remuait la tête, d'une façon très triste, et le patron n'avait pas sitôt les talons tournés, qu'elle prenait, dans une poche de sa jupe, deux ou trois lettres, fort brèves, arrivées par les derniers ballons.

Les fils y disaient, aussi laconiquement que possible, leurs peines, et aussi leurs espérances, le courage et la colère qui les animaient tous dans les forts, et la rage qui les tenait de savoir que le nombre les écrasait, eux et les soldats, depuis le commencement de cette guerre inégale, de Wissembourg jusqu'au Bourget, où les mathurins s'étaient couverts de gloire.

— Gloire inutile, disait madame Basbris; c'est fini, vois-tu, Antoine, et c'est de la folie que de tenter ainsi la Providence!

Et lui, qui se souvenait des anciennes victoires merveilleuses, et des brillants faits d'armes, contre des ennemis braves et généreux, l'interrompait, pour dire, avec une certaine impatience :

— On verra, Suzon, on verra! Tous les chefs ne sont pas des traîtres et Chanzy n'a pas dit son dernier mot.

Ça n'empêche pas que lui-même s'en mangeait les sangs, comme on dit entre riverains, et qu'il s'en allait en mer, aussi souvent que possible, pour faire diversion à ces tristes pensées.

De tels souvenirs restent longtemps dans la mémoire des hommes; mieux vaut dire qu'ils ne s'en vont jamais; et, quinze ans après,

LES FALAISES A MER BASSE.

le vieux Basbris, moins ingambe, et retiré dans sa maison de Réville,
celle-là même où, dans sa jeunesse, il courtisait Suzanne Buhotel,
aimait à revenir dans les jours passés, et à raconter des prouesses qu'il
ne pouvait plus accomplir.

Je me plaisais à le mettre sur ce chapitre, pour lui intarissable, des
temps d'autrefois, qu'il racontait avec une verve irrésistible et une couleur des plus pittoresques.

Les soirs d'été, surtout quand il y a de la lune, sont admirables, le
long de ces côtes orientales du département de la Manche, qui ne connaissent pour ainsi dire pas la froidure persistante.

Souvent, à l'heure où le soleil d'août s'en allait derrière les coteaux
riverains, embrasant de ses rayons obliques la mer et les futaies pro-
chaines, nous marchions lentement sur la vaste dune sablonneuse, au
milieu du silence que troublaient seuls le bruit monotone, mais si doux,
des petites lames déferlantes, et les cris espacés et mélancoliques des
hiboux et des chats-huants, dans les ruines voisines et dans les troncs
d'arbre crevassés.

Suzon, vieillie, mais toujours alerte, préparait la soupe que le vieux
pilote devait retrouver, au retour, chaude et parfumée, sur la table,
près de la grande fenêtre, à deux battants, qui s'ouvrait sur la baie.

Et alors, assis tous deux, Basbris et moi, sur quelque roche aplatie,
nous allumions une pipe ou un cigare, et Basbris me racontait toujours
avec le même entrain une de ces histoires de fraude dont il avait été
tant de fois le héros.

Ce soir-là, le vieux pilote était d'humeur joyeuse, se sentant plus
alerte, pendant ces journées chaudes qui lui remettaient quelque élasti-
cité dans les jambes.

Bonne occasion pour lui demander une histoire, un épisode de sa vie
aventureuse toujours, et souvent hardie! Au reste, ça ne lui déplaisait
guère, et, après les quelques lignes qui servent de début à ce récit, le
patron Antoine Basbris continua :

— Voilà donc de cela seize ans, et je puis vous assurer, monsieur, que le temps était plus aride qu'aujourd'hui. Depuis bien des années, nous n'avions pas vu cela, dans nos parages, où les hivers sont presque toujours cléments. Le froid, la neige, le vent, les brouillards glacials, tout ça se succédait, venait l'un après l'autre, sans un instant de trêve ou d'accalmie; et ce qui nous paraissait le plus dur, dans cette misère fatale des éléments, c'était de savoir que les Parisiens mouraient de faim et que nos fils, nos garçons, tous ceux de nos pays qui survivaient, étaient enfermés là, sans possibilité d'en sortir, entre autres mes trois anciens matelots, Ripert, Hercla et Jorre, des hommes mûrs cependant, mais qui s'en étaient allés au premier appel, sans la moindre protestation, pour faire leur devoir. Sur les trois, deux ne sont pas revenus, et je me demande encore, monsieur, par quelle faveur j'ai revu les miens. Je ne puis croire que ce fut grâce aux prières de Suzon, car tout le monde priait dans ce temps-là! Mais enfin nous nous sommes retrouvés tous cinq, dans la cambuse, le père, la mère et les trois garçons, sans trop oser faire étalage de notre bonheur, à cause des misères de la patrie et du deuil des voisins. Dans ce temps-là tous nos villages riverains étaient déserts; il n'y restait plus guère que des enfants et des vieillards. Ces souvenirs cruels tuent les hommes et les écrasent jusqu'au jour où la confiance leur revient, et où ils se disent qu'on pourrait recommencer, peut-être avec quelques chances de succès, une nouvelle partie. Dieu veuille que je ne meure pas avant cela!

De temps en temps, Basbris s'interrompait pour aspirer quelques larges bouffées de sa vieille pipe de terre, coiffée d'un couvercle de cuivre percé de trous, pour ne pas permettre au vent de manger le tabac, et rattaché au tuyau par une chaînette pendante.

Ici, il fit une pause plus longue, et je l'entendis qui, entre deux bouffées, riait à sa façon, presque sans bruit, ce qui m'annonçait quelque histoire :

— Excusez-moi, dit-il, mais il y a des choses qu'il est impossible de se rappeler sans joie, et celle qui me revient est du nombre. Nous n'étions pas gais, cependant, et nous n'avions nulle raison de l'être, dans ce rude

TOUS NOS VILLAGES RIVERAINS ÉTAIENT DÉSERTS.

hiver des premiers jours de 1871, où le ciel, lui-même, conspirait avec nos ennemis, en poursuivant, de sa haine implacable, nos pauvres soldats vaincus.

Nous avions quitté Saint-Vaast, la veille au matin, à bord du *Rubis*, le fin voilier que vous savez, faisant route dans l'Ouest, pour la pêche, histoire de trouver quelque distraction, grâce à un exercice pénible, et faisant presque des vœux pour attraper un bon coup de vent, ou, comme nous disons, nous autres riverains, un bon coup de tabac.

Nous étions quatre, moi et mes trois vieux camarades, qui en avions vu de toutes les couleurs, comme bien vous pensez, et qui pleurions toutes les larmes de nos yeux, lorsque nous arrivait la nouvelle de quelque nouveau désastre. Hélas! il ne nous en venait jamais d'autres!

Les cuirassés rentrés dans les arsenaux, ça les navrait. Jamais la marine n'avait encouru épreuve plus humiliante. Et quand nos garçons partirent de Cherbourg, pour aller s'enfermer dans les forts de la capitale, c'étaient des exclamations de colère impossibles à contenir, lorsqu'ils nous dirent la croisière inutile, la flotte allemande imperturbablement à l'abri dans ses ports, et les provocations d'un public nombreux, des femmes surtout, qui dans les stations balnéaires encombrées, faisaient des gestes moqueurs et insolents, à l'adresse de l'escadre croisant au large, et qui attendait en vain des adversaires.

Un obus là-dedans, un seul, et c'eût été la débandade complète et instantanée de cette foule rendue barbare et lâche, grâce à des victoires inattendues. Oui! mais l'armée allemande était sur notre territoire, la France envahie, et l'amiral, par crainte de terribles représailles, obligé de ronger son frein, et versant des larmes de sang.

Je ne désire qu'une chose, monsieur, c'est que nos vainqueurs d'hier connaissent, un jour, ces angoisses et ces tortures; ça les rendra peut-être meilleurs, mais ils ne l'auront pas volé.

Donc, nous filions dans l'Ouest, avec bonne brise, et par un froid très vif. Mais, le baromètre baissait et la neige était à craindre. Ce n'est pas pour arrêter des gens qui gouverneraient, dans la Manche, les yeux fermés.

Il pouvait être midi, bien à peine, et déjà partout, le long de la côte, les feux s'allumaient, en prévision de la neige et du mauvais temps. Mon idée était de forcer de toile pour gagner la Déroute, ou plutôt pour pêcher au large d'Aurigny, là où le gros poisson se laisse prendre à l'appât, surtout quand il y a quelque remue-ménage dans la mer.

Les trois camarades étaient de mon avis; et enveloppés à triple tour dans nos vêtements de laine, le manteau ciré par-dessus, et le suroît sur la tête, nous pouvions braver le froid le plus dur; mais, nous ressemblions à des paquets informes, bien plus qu'à des hommes de chair et d'os, à des chrétiens.

Le *Rubis* filait rondement, sous sa brigantine et ses focs, grâce à cette brise maniable, mais qui soufflant, sans interruption, lui imprimait une vitesse uniforme.

Bientôt, nous doublâmes Barfleur, ensuite Fermanville et passâmes au large de Cherbourg où les cuirassés, en réserve, étaient presque abandonnés, pendant que les états-majors et les équipages se battaient ailleurs comme des fantassins. Des amiraux à cheval, ça ne s'était jamais vu; mais les soldats ne se moquaient pas d'eux, à ce qu'il paraît; et les Jauréguiberry, et les Jaurès, et tant d'autres, se montraient aussi fermes, en selle, que sur la dunette de leurs vaisseaux.

Quel chambardement, monsieur, si les Allemands avaient osé sortir! Le résultat le plus clair de tout cela, cependant, c'est que les marins de France, se trouvant occupés ailleurs, pour la plupart, car on en gardait assez pour tenir en respect, en cas de besoin, les navires de guerre allemands, aussi prudents que les régiments militaires, les transatlantiques de Hambourg, de Brême et d'autres ports n'interrompaient pas leurs voyages, et que des voiliers avaient même l'audace de faire route pour l'Amérique. C'est le cas de le dire, aucune humiliation ne nous fut épargnée!

C'est pour cela que, dans la pêche du large, à cette heure où tout ce -

qu'il y avait de jeune et de plus valide faisait son devoir partout où besoin était, nous ne sortions pas sans armes. On ne sait pas ce qui peut arriver !

Qu'un hasard de mer nous jetât sur la route d'un allemand, et nous étions perdus. En fait de victoires, ces gens-là ne sont pas difficiles, et je n'ignorais pas que la prise d'un cotre comme le *Rubis*, avec ses quatre vieux matelots, même par un gros équipage, eût été fêtée comme un triomphe.

Par le fait, nous ne nous tenions point trop sur nos gardes. Les grands navires gouvernent plus à l'ouvert de la Manche et se montrent rarement aux approches de l'archipel Normand. C'est trop dangéreux, et de plus, ce serait une perte de temps.

Donc, ce soir-là, tous tristes, à cause de tant de mauvaises nouvelles qui se succédaient, nous courions, en vue d'Aurigny, et le poisson donnait. Mes trois vieux camarades, — je dis vieux, parce que la cinquantaine passée, ce qui fait à peu près quarante ans de mer, on a souvent plus de bonne volonté que de vigueur, — mes trois camarades amorçaient silencieusement, l'esprit toujours absorbé par ces choses terribles, que le sort ne nous ménageait guère : une interminable tempête sans la moindre éclaircie, quoi ! et telle que je me demandais quelquefois la raison d'un pareil acharnement de la Providence.

Des hommes savants de Cherbourg disaient alors que la France payait ainsi un trop long oubli de soi-même. Il me semblait qu'elle le payait bien cher et que ses fautes et ses erreurs ne méritaient point tant de défaites et tant de misères. Enfin !

La nuit vint, rapide comme en janvier, plus même que de raison, à cause de gros nuages floconneux qui roulaient l'un sur l'autre, se rejoignaient et finirent bientôt par ne plus faire qu'une masse épaisse, jusqu'aux extrêmes limites de l'horizon visible.

L'ombre nocturne n'était pas encore tout à fait venue, que la neige tombait en masses impénétrables, et tout aussitôt les feux d'Aurigny disparurent derrière le voile opaque. Nous nous trouvions dans le Sépulcre.

— A ta place, Basbris, me dit Lemarquand, je mouillerais au plus vite. Nous ne sommes pas ici sur la route des longs-courriers; par conséquent, pas d'abordage à redouter, ou bien ce serait une fameuse chance. En tout cas, les courants sont plus immédiatement dangereux pour nous, et nous avons assez de chaîne pour atteindre le fond.

— Qu'en pensez-vous, dis-je, toi Ladune, et toi Pignot?

Ils répondirent ensemble :

— M'est avis que c'est ce que nous avons de mieux à faire.

Alors, je fis amener les voiles et jeter l'ancre, et depuis quelques minutes seulement que cela durait, il y avait déjà pas mal de neige sur le pont du *Rubis*.

Les nuits sont longues, en janvier, surtout quand les nuages qui se fondent en neige, interceptent tous les rayons des étoiles, même ceux de la lune en son plein.

Le lendemain matin, sur les huit heures, la neige tombait encore, quoique moins épaisse; malgré cela, impossible de rien distinguer, à cent brasses de distance. Le *Rubis* se trouvait dans la solitude complète, dansant un peu sur les vagues arrondies, et virant, au bout de sa chaîne, suivant les caprices de la marée.

Nous avions dormi, à tour de rôle, deux par deux; mais, pendant ce temps-là, les deux veilleurs pêchaient toujours, et il y avait déjà un bon chargement de poisson, dans la cale du cotre; assez, pour qu'à la première éclaircie, nous fissions aussitôt route sur Cherbourg.

La neige, tout d'un coup, cessa, aussi brusquement qu'elle avait commencé; et quelle ne fut pas notre surprise de voir, à moins d'un quart de mille, un grand trois-mâts barque de deux mille tonneaux environ, à sec de toile, par prudence sans doute, et à l'ancre comme nous; saisi par la tourmente de neige, il s'était perdu, avait fait fausse route et ne savait plus où il était. D'autant plus que la buée cachait toujours la terre et les îles englouties dans le brouillard.

Je fis aussitôt déraper, et, avec un peu de toile, nous fûmes, en quelques minutes, à proximité du trois-mâts où se montraient, au-dessus des bordages, des têtes nombreuses.

Tout à coup une voix retentit, brutale et menaçante :

— Où sommes-nous, pêcheur, et n'y a-t-il point quelque côte dans le voisinage?

La question était faite en langue allemande. Pas moyen de s'y méprendre, nous nous trouvions en présence d'un gros navire qui transportait des émigrants à destination de l'Amérique.

Aussitôt, je fis prendre le vent, de manière à nous approcher, aussi près que possible, du colosse :

— Si vous voulez qu'on vous réponde, dis-je, dans mes deux mains en porte-voix, parlez une langue honnête; sinon, nous resterons muets comme des poissons.

— A moins qu'on ne te force à répondre à notre gré, Français impudent! reprit l'interlocuteur, d'une voix furieuse.

En même temps, il apparaissait sur le gaillard d'arrière, et d'une voix de plus en plus encolérée :

— Tu vas immédiatement monter à bord, et nous tirer du mauvais pas où cette neige nous a mis; les côtes de France ne sont, sans doute, pas loin d'ici...

— Comprends pas, fis-je imperturbablement; anglais ou français, sinon rien! Nous n'avons point la langue assez dure ni le gosier assez rude pour répondre à un pareil charabias.

Je lui envoyais cela, en pleine figure, dans le meilleur anglais qui se parle sur la mer, et je voyais qu'il en écumait. Et comme nous rangions le navire à l'arrière, je pus lire, sur le tableau, en longues et larges lettres dorées, sur fond d'azur, le nom du trois-mâts : *Hohenzollern!*

— Il ne faut être ni malin, ni marin, criai-je, pour se mettre dans un pareil pétrin, avec un tel bateau sous les pieds; mais, si tu ne comptes que sur nous, pour te tirer de peine, aussi bien t'en remettre au hasard. Largue-nous donc le nom du fils de ton père, pour que nous le gardions, dans notre souvenir, mes trois camarades et moi.

Alors, quoique au paroxysme de la fureur, il se décida à s'exprimer en anglais, s'il est permis de donner le nom de paroles aux rugissements qu'il poussait :

— A bord, tout de suite, hurla-t-il, à bord tout de suite, ou je te passe sur le ventre, avant que tu aies eu le temps de faire ta prière !

— Plus facile à dire qu'à exécuter, camarade, car il ne dépend que de moi de m'en aller et de te brûler la politesse ; mais, ça me fait plaisir de te voir en colère, et de narguer, à quatre anciens que nous sommes, des gens habitués à la plaisanterie, quand ils sont dix contre un. Il y a de la brise, tout juste ce qu'il m'en faut, pour te faire un fameux pied de nez ; et si tu veux m'en croire, tu vas lever l'ancre et t'en aller dans l'Ouest, avec toute ta cargaison de têtes carrées. C'est autant de moins qu'il en restera sous notre soleil.

Mes trois hommes s'en donnaient et riaient à qui le plus fort, arpentant le pont du *Rubis*, les mains dans les poches de leur culotte, et fumant comme des cheminées de steamer.

A bord du *Hohenzollern*, ils hurlaient tous, comme des sauvages, et des centaines de poings fermés s'allongeaient vers nous. S'ils nous avaient tenus, nous aurions assurément passé un mauvais quart d'heure. Mais, ils ne nous tenaient pas.

— Capitaine, il faut écraser cette vermine de Français !

— Ou bien l'amariner, pour le conduire à la remorque, jusqu'à New-York.

— Il n'y a pas d'autre moyen d'imposer silence à ce bavard !

Et pendant que ce bavard ne disait rien, ils se mettaient à cinq cents, pour lui cracher toutes sortes d'injures. La générosité allemande est faite de ces démonstrations-là !

Les femmes surtout, en nombre parmi les passagers du *Hohenzollern*, se montraient exaspérées, avec des gestes violents à notre adresse, et nous les entendions assez distinctement, de temps en temps, au-dessus du bruit croissant de la houle. Une phrase revenait, le plus souvent, accompagnée de formidables éclats de rire, et reprise en chœur, par

NOUS NOUS APPROCHÂMES DU COLOSSE

13

toute cette clique, qui ne trouvait pas lâche de s'en prendre à quatre
pauvres diables de pêcheurs d'un âge respectable, et de leur mettre la
mort dans l'âme en vociférant :

— *Paris kaput! Paris kaput!*

Alors, dans un moment d'accalmie, où tous ces braillards reprenaient
des forces, pour nous injurier, avec plus de violence encore :

— Non, il ne faut pas être malin, m'écriai-je, pour s'en venir jusqu'ici,
quand on se croit à l'ouvert de la Manche, surtout avec une pareille brise ;
mais chacun sait que les marins allemands, ça n'existe pas sous le soleil.

Et Ladune, qui avait une forte voix de basse-taille, puisqu'il chantait
le dimanche au lutrin de Saint-Vaast ajouta :

— A plus forte raison dans la neige ou dans la brume! Avant de
prendre la mer, il faudrait au moins s'instruire, apprendre la manœuvre
et savoir naviguer.

Toup à coup, le capitaine du *Hohenzollern,* hors de lui-même, n'y
tint plus, et, la face congestionnée, se mit à vomir, à notre adresse, un
flot d'injures. Enfin, il eut sans doute quelque peur de paraître ridicule,
même aux yeux de ses passagers, car en apparence il se calma, et ce fut
d'une voix moins emportée qu'il dit :

— Quoi qu'il en soit, tu vas me tirer de peine, car ces parages te sont
familiers, j'imagine, et je te lâcherai lorsque tu auras remis le navire en
bonne route.

Là-dessus, j'éclatai de rire, comme bien vous pensez, et ce fut au plus
grand ébahissement de tous que je répliquai :

— Si tu veux me suivre à bonne portée, je te conduis tout droit jusqu'à Cherbourg ; c'est tout ce que je puis faire pour un marin de ta sorte.
Est-ce dit?

— C'est ce que nous allons voir, hurla-t-il, dans un éclat de rage,
et tu nous piloteras, sale Français, de gré ou de force, le pistolet sur le
front.

Sans doute cela les étonnait tous, de voir que nous restions si calmes,
et que nous ne profitions point de la brise qui, en quelques instants nous

eût mis hors de portée, et nous vîmes qu'ils armaient un canot à bord du
Hohenzollern; quatre hommes aux avirons et un à la barre.

— Les anciens, dis-je alors aux camarades, je crois que le moment
est venu d'une bonne leçon. Que tout soit paré de façon à ce que le
Rubis puisse filer, à mon premier signal. En attendant voilà des gaillards
qui, dans un instant, se proposent de monter à bord et de nous traîner à
la remorque de leur sabot, jusqu'où il leur plaira. Si vous m'en croyez,
nous allons rire et leur jouer un tour dont ils se souviendront. D'abord,
armons-nous, sans qu'il y paraisse. Toi, Pignot, va chercher les revolvers
dans la chambre, et mets dans le roufle de la cuisine, les haches à portée
de la main; et ma foi! puisqu'ils y tiennent, laissons-les venir.

La neige recommençait à tomber et, petit à petit, rétrécissait l'horizon, autour du *Rubis.* Le trois-mâts allemand, quoique voisin, se dérobait
lui-même, derrière le voile de flocons de plus en plus épais. Cependant,
l'embarcation mise à l'eau s'avançait vers nous, un officier à l'arrière.

— Attention, dis-je! Le mieux est de laisser monter à bord cette vermine, et ensuite nous aviserons. Tout ce qu'il faut, c'est qu'à peine le
pied sur les bordages, ils voient sur leur poitrine les canons de nos
pistolets. Est-ce compris?

— Parbleu! firent mes trois hommes; la suite te regarde, Basbris, et
nous ferons ce que tu nous diras de faire.

En ce moment, l'embarcation allemande accostait :

— Un bout de corde, cria l'officier, et plus vite que ça!

— Et pour quoi faire, lui répondis-je; est-ce que, par hasard, c'est
nous qui sommes allés vous chercher? Montez comme vous pourrez, si
c'est votre plaisir, mais ce n'est pas à nous de vous faire des politesses.

Ils gagnèrent aussitôt l'arrière du *Rubis,* et commencèrent par atta-
cher leur canot à l'amarre de la barque du côtre; puis, l'un après l'autre,
se hissèrent, tandis que nous étions réunis en groupe, au pied du mât.

Dans la grande confiance qu'ils avaient, je vis qu'ils étaient sans
armes ou presque, sauf des couteaux de matelot passés à leur ceinture;
et comme ils avançaient vers nous, le rire aux lèvres et l'insulte à la

bouche, suivant l'habitude de gens pour qui la brutalité est une règle, je fis un signe, et quatre revolvers apparurent instantanément, braqués sur les assaillants.

Comme nous avons l'habitude de dire entre nous, ça leur coupa le sifflet tout net, et, dussé-je vivre un siècle, je n'oublierai jamais l'expression stupéfaite de ces physionomies effarées, et pour en accroître encore le bouleversement :

— Un pas, m'écriai-je, un seul, et nous vous tuons comme des chiens que vous êtes. A bas les couteaux d'abord, et veuillez passer par ici !

Ils sentaient qu'il n'y avait rien à faire, et, sous les canons des revolvers, passèrent de l'arrière à l'avant, penauds comme des renards déconfits, et jetant sur le trois-mâts qu'on apercevait à peine, dans la neige, des regards désespérés.

En même temps, je donnai l'ordre à Pignot d'amurer (1), et, quand il eut fini sa besogne, ce qui ne dura pas longtemps, il reprit sa place, dans le peloton, et je me mis à la barre.

Aussitôt, le *Rubis* évolua, au milieu de la neige, de plus en plus épaisse et lourde, et glissa, sur la houle, avec une bonne vitesse.

Et au moment même où il prenait le vent, j'eus quelque remords de savoir que le *Hohenzollern* demeurait sans direction, et je criai, de toutes mes forces :

— Capitaine, j'emporte vos cinq hommes, mais, si vous voulez m'en croire, filez dans l'Ouest-Nord-Ouest, et au plus vite. Je m'en voudrais d'avoir, sur la conscience, non la perte de votre navire, mais la mort de vos passagers, bien qu'ils ne vaillent pas cher. Quant à vos hommes, ils vous rejoindront, à bord de l'embarcation que vous m'avez détachée, quand ça me fera plaisir.

Et j'ajoutai, dans un dernier et formidable cri :

— *Hohenzollern, kaput !*

La colère impuissante se lisait sur la physionomie des cinq gaillards

---

(1) Fixer les voiles, à l'aide des écoutes, en les orientant.

que nous tenions, et, de toute la force de ses poumons, leur officier cria :

— Ohé ! du *Hohenzollern*, nous sommes pris dans un traquenard, et perdus, si l'on ne vient à notre secours.

— Est-ce que tu crois que nous allons rester en panne, lui dis-je, pour attendre tes camarades ? Et tu ne vois donc pas que le *Rubis* vole déjà, sur l'eau, comme un goéland ?

Et, en effet, la brise qui fraîchissait un peu, tombait en plein dans la voilure du cotre, et nous filions, grand largue, à travers la neige, sans la moindre crainte du trois-mâts sur nos talons.

Alors, Lemarquand, qui avait la langue bien pendue, leur envoya ceci, dans notre patois de la Hague, inintelligible pour eux.

— Quê qu'vô d'mandez donc? N'étous pè bin ichin, et d'aveu d'brav'gens, c'qui n'est pè dans vot'coutume?

Ça voulait dire :

« Et que demandez-vous donc? Est-ce que vous n'êtes pas bien ici, avec de braves gens, ce qui n'est pas dans vos habitudes? »

Et il ajouta, histoire de les effrayer davantage encore :

— C'est sûr que le trois-mâts va s'en aller s'effondrer sur les Casquets (1); je ne lui donne pas deux heures pour ça; et toi, Pignot?

— Deux heures! reprit celui-ci, je crois que tu veux rire, Lemarquand. Dans cinq minutes, dix tout au plus, les courants et la brise fraîchissante vont se charger de la besogne et travailler pour les poissons.

— Parbleu! dit Ladune, si nous virions pour voir? Qu'est-ce que ça peut nous faire, avec cette brise? C'est nous qui sommes les maîtres, et ça ne serait pas désagréable de ranger le trois-mâts d'assez près, pour montrer aux passagers et à l'équipage, la physionomie de ces messieurs.

— Silence! commandai-je, et veillez au grain! Ces gaillards-là ont plus d'un tour dans leur sac, et voyez à les tenir à distance.

— Sois tranquille, Basbris, dit Pignot, nous ne sommes pas nés d'hier, et si la langue marche, les yeux ne bougent pas.

(1) Rochers un peu au large d'Aurigny.

Tout ce qu'ils en disaient, les trois anciens, c'était pour effrayer les cinq camarades qui semblaient comprendre à peu près, et se repentaient assurément de la légèreté avec laquelle ils avaient accompli les ordres de leur capitaine.

Mais, quand les soldats les plus vaillants du monde sont battus, comment s'attendre à une telle farce de quatre vieux marsouins sur le retour?

Acculés, tous les cinq, contre le guindeau, les Allemands n'en disaient pas long, je vous prie de le croire, et il n'était plus question le moins du monde, de ces chiens de Français.

Et le *Rubis* volait, dans le Nord-Ouest, c'est-à-dire vers le large, au milieu de la neige tourbillonnante, avec des bruits de membrure qui ressemblaient aux hennissements d'un cheval fougueux au galop.

Il y a des moments où je me demande si certains bateaux ne comprennent point ce que nous leur faisons faire!

Toujours est-il que celui-ci bondissait sur les vagues de plus en plus fortes, passait dessus, passait dessous, si bien que les cinq prisonniers étaient parfois obligés de se tenir aux cordages et, sentant leur impuissance, poussaient, de temps en temps, de terribles jurons, qui se perdaient un peu dans le fracas de la mer et du vent.

L'officier qui, sans doute, avait plus méchant caractère que ses hommes, était aussi plus acharné qu'eux, et de la barre que je tenais, à deux mains, je l'entendis qui nous traitait de lâches. C'était trop fort!

— Écoute ceci, lui dis-je, et surtout retiens-le : ceux-là seuls sont lâches qui comptent sur le nombre, comme toi et les tiens, il n'y a qu'un instant. Et sur ce, ferme ton écoutille (1), ou je donne immédiatement l'ordre de te casser la tête!

— Mais alors, reprit-il, qu'est-ce que vous voulez faire de nous?

— Ça me regarde, répondis-je; mais, pour le moment, fais-nous grâce de tes observations, et suppose que je te conduis à Cherbourg, toi et

____

(1) Ferme ta bouche.

tes quatre clampins; ce n'est pas toi, j'imagine, qui vas nous indiquer notre route.

Là-dessus, il garda le silence, honteux comme les autres, de s'être ainsi laissé prendre, et bientôt s'assit sur le guindeau, les coudes sur les genoux et la tête dans les mains, en homme qui finit par accepter son sort, avec résignation.

Les quatre autres firent de même, c'est-à-dire qu'ils se laissèrent tomber sur le pont, en se serrant les uns contre les autres, et ils nous apparurent tout blancs, comme des bonshommes de neige, tant la bourrasque s'épaississait, au point que le *Rubis* semblait courir au milieu d'une atmosphère toute cotonneuse.

Je laissai porter vers le large, avec une grande vitesse, pour n'avoir pas besoin de mes hommes, c'est-à-dire dans la même aire de vent. Alors, quand je crus le moment venu, je donnai l'ordre à Pignot de mollir les écoutes, et les voiles se mirent bientôt à descendre, en larges plis, et avec un tapage infernal.

Nous n'étions pas tout à fait dans l'obscurité, bien qu'il fût déjà entre quatre et cinq heures de relevée; mais, au-dessus des couches de neige qui tombaient sur la mer et s'y perdaient, vers le couchant rougeâtre, apparaissait, bien probablement, le reflet d'une aurore boréale, chose assez fréquente à la saison, surtout par cet hiver presque polaire.

Cela produisait un effet des plus singuliers, et tandis qu'autour du *Rubis*, le grand rideau blanc et mobile se déroulait toujours, on eût dit, plus haut, des millions de milliards de mouches ardentes qui tourbillonnaient, mais dans un vol muet. Sauf le bruit des vagues qui se bousculaient et roulaient le long des flancs du cotre, même parfois sur le pont, de bout en bout, on aurait pu se croire dans une tombe.

Alors, quand le *Rubis* demeura à peu près immobile, les voiles faséyantes (1) ne donnant presque plus de prise au vent, je m'écriai, en anglais :

____

(1) Voiles flottantes, quand elles ne sont plus gonflées par le vent.

LES CINQ PRISONNIERS ÉTAIENT OBLIGÉS DE SE TENIR AUX CORDAGES.

14

— Debout, vous autres! voilà le moment venu de la séparation!

Quoique engourdis, ils se dressèrent, presque simultanément. La séparation, hein, qu'est-ce que ça voulait dire?

Ah! Quelles figures ahuries, et comme j'aurais voulu que les autres les vissent, ceux qui méthodiquement, avaient incendié Bazeilles et qui, sous Paris, se plaisaient à fusiller les patriotes, sans autre forme de procès!

Dans les lettres brèves que nos garçons mettaient à la poste de la capitale, et que les ballons laissaient tomber, en sacs, quand ils passaient au-dessus des localités inoccupées ou épargnées, nous avions lu, Suzon et moi, des détails à faire frémir, entre autres la mort de ce vieux jardinier de Bougival qui, jusque sous les canons des fusils allemands, bravait ses bourreaux; sans compter ce qui nous venait de l'armée de la Loire, où nombre de gars du pays mouraient, comme des mouches, non sans s'être distingués dans maintes rencontres, et surpris souvent par cette crosse en l'air, qui revenait aussitôt contre la hanche, pour les fusiller, à bout portant.

Vit-on jamais rien de plus lâche que cela au monde? Non, n'est-ce pas? Eh bien, j'en tenais là cinq qui en auraient fait tout autant et qui, quelques heures auparavant, riaient comme des brutes, rien qu'à l'idée d'amariner le *Rubis*, pour nous traîner en triomphe, jusque dans la rade de New-York! Avais-je le droit de leur faire grâce, et de ne point venger Suzon et tant d'autres mères, de toutes les angoisses qu'elles avaient subies, et qu'elles subissaient encore? D'un autre côté, abandonner en pleine mer des gens désarmés, fût-ce des Allemands, et par un temps pareil, cela me répugnait assez : ces lâchetés, justifiées cependant, vu la circonstance, ne sont point dans notre caractère; ça, c'est une justice à nous rendre! Mais, il n'était point défendu de les effrayer un peu.

— Allons, dis-je, il faut descendre dans votre embarcation, et le plus tôt sera le mieux. Dépêchons!

— Qu'allez-vous donc faire de nous? demanda l'officier; nous laisser là, seuls, sur la mer, et aux prises avec la mort certaine?

— Parfaitement, repris-je, avec autant de sang-froid qu'il m'était possible. Est-ce que, par hasard, vous vous êtes imaginé que j'allais vous reconduire à Hambourg? Vous avez une chance de vous en tirer, c'est de rejoindre le *Hohenzollern*; mais moi, qui connais ces parages, je ne m'en chargerais pas. Voir trembler des gens comme vous, de ceux que nous appelons les *cinq contre un*, sinon plus, c'est un des grands plaisirs de ma vie de mathurin déjà longue, et je ne l'échangerais pas, contre des années probables d'existence. Allons, embarque, et vivement!

Sous les revolvers menaçants, mes trois hommes les conduisirent jusqu'à l'arrière, et, l'un après l'autre, ils s'affalèrent et bientôt prirent place, dans leur embarcation, non sans peine, car la mer était très grosse et la faisait sauter comme rien du tout.

Alors Lemarquand, sentimental de nature, et d'ailleurs le seul célibataire du bord, ne put s'empêcher de larmoyer et de dire :

— C'est tout de même dur de laisser des chrétiens s'en aller à l'aventure, dans tout ce tremblement!

— Des chrétiens ! s'écria Ladune, d'une voix indignée, eh bien, tu n'es vraiment pas difficile, si tu prends ces gens-là pour des frères; et je trouve, pour ma part, que c'est déjà bien joli de les laisser s'en aller comme .

— C'est possible, reprit Lemarquand, mais ce n'est pas une raison, parce que des gens sont lâches, de nous montrer aussi lâches qu'eux. Basbris, tu ne feras pas cela.

— Et que veux-tu donc que j'en fasse, dis-je assez brusquement, faudrait-il pas les ramener jusqu'au *Hohenzollern*?

— Je ne dis pas cela, Basbris; mais puisqu'il y a quelques heures, ils voulaient nous remorquer jusqu'à New-York, pourquoi ne les conduirais-tu pas à Cherbourg?

Et Pignot qui jusqu'alors n'avait rien dit, appuya fortement :

— Ça, c'est une idée, et je vois d'ici la tête des camarades, quand nous passerons en rade, le long du stationnaire. « — Ohé du cotre, qui êtes-vous? — *Rubis*, patron Basbris, avec quelque poisson dans la cale, et cinq prisonniers allemands sur le pont! — Vous plaisantez? — Pas le moins du monde, et si ça vous en dit, nous allons accoster pour voir. »

Pignot jouait cette petite comédie, avec une verve sans pareille, et il me fit voir que l'idée de Lemarquand n'était pas si bête ; elle m'épargnait en tout cas, une mauvaise action dont je me serais assurément repenti plus tard.

Ils étaient déjà installés, l'officier à l'arrière, et les quatre autres aux avirons ; il ne restait plus qu'à larguer l'amarre. A dix brasses tout au plus, qu'ils étaient du *Rubis*, au bout de l'aussière attachée par eux-mêmes à la corde de notre embarcation, c'est à peine s'ils étaient visibles, enveloppés dans la tourmente neigeuse.

Alors, pour accroître encore leur frayeur, j'envoyai Pignot dans la chambre, avec ordre d'en rapporter quelques biscuits et une bouteille d'eau-de-vie, qu'ils vinrent chercher tout de même, en halant sur l'amarre.

— Et là-dessus, bonsoir, camarades, et tirez-vous de là comme vous pourrez !

Voyons, monsieur, est-ce que ce n'était pas de bonne guerre? Et si je les avais laissés là, au milieu de la solitude glaciale et mouvante, oseriez-vous dire que la représaille de tant d'infamies calculées n'était pas très légitime ?

Oui, mais il y avait toujours Lemarquand qui s'acharnait après moi, et qui me répétait :

— Non, Basbris, non, tu ne feras pas cela ! Ça ne serait pas d'un bon Français...

— Comment, pas d'un bon Français? m'écriai-je. Avec cela qu'ils se gênent avec les nôtres, partout où ils les rencontrent, plutôt où il les surprennent.

— D'accord, reprit Lemarquand ; oui, je te concède cela, Basbris ; mais est-ce que tu crois que ce n'est rien de montrer à ces rascals que nous ne sommes pas des bêtes fauves, et que, tout en sachant ce que les nôtres endurent, dans les casemates, comme jadis les anciens sur les pontons anglais, nous ne sommes pas bâtis pour faire l'office de bourreaux? Tout ce que tu voudras, Basbris, mais je n'admets pas cela!

Pendant que Lemarquand parlait, ils dansaient, au bout de leur amarre au milieu de l'écume des lames, surpris sans doute de ne pas la voir larguée, et je me sentis remué par le discours du camarade. Seulement, il était difficile, vous en conviendrez, de revenir comme cela, tout de suite, et de leur permettre de se hisser, de nouveau, à bord du *Rubis*. Alors, de toutes les forces de ma voix, je les interpellai :

— Vous le voyez, dis-je, il ne dépendrait que de moi de vous laisser dans le gouffre et de nous venger, moi et mes hommes, de toutes vos injures de tout à l'heure. Mais, on ne se chauffe pas de ce bois-là chez nous, et ce n'est pas l'habitude de maltraiter des gens désarmés. Ça vous paraît drôle, sans doute, mais vous ne vous en plaindrez pas; et, puisque je vous tiens, je vous emmène à Cherbourg, histoire d'y montrer vos figures.

— Ça, dit en m'interrompant Pignot, qui n'avait pas de suite dans les idées, c'est d'une faiblesse que je ne comprends pas, et je te demande seulement, Basbris, si tu crois qu'ils nous en feraient autant?

— Moi, ajouta Ladune, je sais bien ce que je ferais ; je descendrais un peu dans le sud ; avec ce vent-là et un marcheur comme le *Rubis*, nous n'avons rien à craindre, et je déposerais ces gaillards là, au pied des Minquiers ; et, au plaisir de vous revoir !

— Silence, dis-je, d'un ton péremptoire, et qu'ils remontent à bord! Lemarquand a raison, nous nous mettrions là une vilaine action sur la conscience.

Le rembarquement ne fut pas long, je vous prie de le croire, et quand les cinq hommes furent de nouveau installés, à l'avant, près du guindeau, nous fîmes, directement route sur Cherbourg, au milieu des ténèbres plus claires, car les étoiles brillaient, dans le ciel, avec une clarté blanche et prochaine, cette clarté hivernale qui ne dit rien de bon aux gens du métier.

Le matin, aux premières lueurs de l'aube, nous étions à l'ouvert de

UN GRAND TROIS-MATS SOUS TOUTES VOILES QU'UN REMORQUEUR ENTRAIT....

la passe Ouest, presque en rade de Cherbourg, suivant de près un grand trois-mâts sous toutes voiles, qu'un petit remorqueur du port entrait. La brise, quoique encore un peu fraîche, était à demi tombée, et une brume assez épaisse dérobait, à peu près, les hauteurs riveraines.

Dans la rade, hélas ! déserte, le stationnaire tirait sur sa chaîne, poussé par la marée, et déjà le pavillon tricolore flottait à l'arrière, et à la pointe du grand mât.

Nous nous dirigeâmes vers lui, de façon à le ranger de très près, et quand nous fûmes presque bord à bord, je me permis d'interpeller l'officier de quart !

— Commandant, dis-je, c'est moi, Antoine Basbris, pilote-major du port de Cherbourg, et je rentre de la pêche, avec cinq têtes carrées à bord. Vous n'avez qu'à vous avancer un peu pour les voir.

L'officier de quart, c'était un enseigne, apparut, montra sa tête, au dessus des bastingages :

— Regardez, mon lieutenant, repris-je, nous avons fait cette pêche-là, un peu au large des Casquets et, trouvant le chargement suffisant, nous avons rappliqué par ici. C'est quatre hommes et un officier du trois-mâts-barque *Hohenzollern*, perdu dans la neige, et qui nous demandait brutalement de le remettre en bonne route. J'ignore s'il s'y est remis de lui-même ; en tout cas, voilà notre prise et nous allons les conduire à la place. Ces messieurs venaient à bord du *Rubis*, pour m'enlever de force, et c'est moi qui leur ai brûlé la politesse. Est-ce que vous ne trouvez pas, mon lieutenant, que c'est de bonne guerre ?

L'officier se mit à rire, et des têtes curieuses de matelots se montrèrent bientôt, au dessus du bordage. Quelques-uns même, pour mieux voir, se hissaient dans les haubans.

Nous traversâmes la rade à toute vitesse et, une fois dans les jetées, nous glissâmes sur notre erre, jusqu'au poste d'amarrage habituel du *Rubis*, juste en face des magasins et des entrepôts de M. Josias.

Je ne saurais vous dire l'ébahissement des quelques curieux qui se trouvaient là, en voyant débarquer ces cinq hommes faits prisonniers, dans la Manche, par le patron Basbris.

Bientôt la nouvelle se répandit, et ce fut un tumulte dont vous n'avez pas d'idée. On voulait voir, on voulait savoir ; on se pressait sur le passage des cinq hommes que des mobilisés conduisirent à la préfecture maritime, pour savoir où les mettre, et aussi pour les protéger contre la foule surexcitée.

Les années ont passé là-dessus, monsieur, et les cinq matelots du *Hohenzollern* ont regagné l'Allemagne. Je ne sais s'ils ont rapporté là-bas la façon dont ils furent traités chez nous ; si nous avions su comment on en usait, chez eux, dans les forteresses à l'égard de nos pauvres soldats prisonniers, sans doute en eussent-ils vu de plus dures ! Après tout, mieux vaut encore être généreux et laisser la brutalité sauvage aux gens barbares de l'Orient. Tant pis pour ceux d'Europe qui, dans la surprise de leur triomphe, n'ont pas su oublier leur haine ; ça ne leur portera pas bonheur !

Et le vieux pilote, tout en bourrant sa pipe, ajouta, avec son rire muet, qui lui fendait la bouche jusqu'aux oreilles :

— Et puis, vous savez, monsieur, ça ne se passera plus ainsi, et la marine aura son mot à dire dans la prochaine ; ou bien alors, c'est qu'il faudrait désespérer de tout et croire qu'il n'y a plus de justice au ciel. Mais voici l'heure de la soupe, et, si vous le voulez bien, nous allons mettre le cap sur la cuisine, car vous savez que Suzon ne plaisante pas sur ce chapitre et n'entend point qu'on laisse refroidir son fricot.

Et en effet, lorsque nous fûmes en vue de la maison, nous aperçûmes la ménagère qui nous faisait des signes d'appel et qui bientôt se mit à interpeller Basbris :

— Allons, allons, ne te fâche pas, dit le vieux pilote, et à table ! Pour ma part, j'ai l'estomac dans les talons, et je suis sûr que monsieur le journaliste ne l'a pas beaucoup plus haut.

— Raison de plus pour rentrer plus tôt, répliqua l'irascible mais excellente vieille.

Et d'un air de satisfaction qui se cachait mal sous l'irritation feinte :

— Voyez-vous, monsieur, il n'y a pas pire que lui au monde, et si vous l'écoutiez, il vous ferait passer les nuits. Allons, mange, bavard, et ne souffle plus mot.

Nous entrâmes et prîmes place autour de la table dressée, non loin de la large fenêtre qui donnait sur la baie, mais que madame Basbris s'empressa de fermer, à cause de l'*air fraîche*, qui ne valait rien pour les rhumatismes du pilote.

Celui-ci, par esprit de contradiction sans doute, protesta :

— Ah çà! Suzon, est-ce que tu me prends pour un novice? Et vas-tu me faire croire que la cambuse est plus dangereuse que la dune, pour les vieux marsouins de ma sorte?

Et tout en versant, dans nos trois verres, le bon cidre frais, il se mit à plaisanter en disant :

— C'est tous les jours comme ça, et tel que vous me voyez, je n'ai pas un instant de tranquillité, à la maison. Les femmes, monsieur, et Suzon est une des meilleures, ça ne vaut plus rien, en vieillissant, et tâchez de profiter de l'avis.

Et vidant son verre, d'un trait :

— C'est comme le cidre, ajouta-t-il, ça devient aigre, avec les années.

Et attirant Suzon, qui se laissait faire, il mit, sur sa joue ridée, un gros baiser sonore :

— Tout de même, dit-il, voilà trente ans que j'en bois de pareil, et s'il ne dépendait que de moi de renouveler le bail!... A votre santé, monsieur! Ici-bas, c'est certain, il y de bonnes et de mauvaises heures. A mon bord, les bonnes ont été les plus nombreuses, et c'est Suzon qui les a sonnées. Et puis, quand on se regarde tous les jours, avec affection, depuis plus d'un quart de siècle, vous me l'avez dit vous même, est-ce qu'on peut se voir vieillir?

CONTE DE NOËL

Sur la mer, pas une ride, rien! de temps en temps, un poisson saute
et retombe, faisant, après sa chute, des cercles qui s'élargissent et dans
lesquels flambent tous les rayons du soleil couchant. C'est le calme
absolu, troublé seulement par les embarcations qui vont d'un navire à
l'autre, ou qui veillent autour de l'escadre disséminée.

Tout repose dans la soirée lourde, et l'atmosphère raréfiée pèse, de
tout son poids, sur les épaules des marins et des officiers.

Le grand et large soleil des mers d'Orient s'enfuit et s'abaisse avec
une rapidité effrayante; on dirait qu'il tombe. Et il tombe, en effet,
derrière l'horizon, comme dans une gueule immense qui l'absorbe. Et,
tout d'un coup, la nuit arrive, sans crépuscule, pour ainsi dire. Seuls,
les sommets des montagnes lointaines gardent quelques clartés, bientôt
évanouies; et, avec les astres du ciel, on n'aperçoit plus que les feux de
position des navires de l'escadre, allumés réglementairement, aux derniers rayons du soleil.

Partout le silence! Pas même de clapot sur les flancs des cuirassés!
On dirait que tout est mort si, de temps en temps, la voix rauque des
machines, sous pression, ne se faisait entendre. Même, en y regardant
de près, c'est-à-dire avec une attention soutenue, on pourrait suivre,
d'un navire à l'autre, les longues lignes de fumée vomies par les chemi-

nées des vaisseaux, et qui, sans brise pour les coucher horizontalement dans une direction ou dans une autre, montent droites, au-dessus des plus hautes mâtures, dans le ciel où elles se perdent bientôt.

Pas un moment de répit, avec l'amiral! Il a l'œil à tout. Les officiers et les marins ne savent même pas s'il lui arrive de dormir. Est-ce qu'ils ne l'ont pas vu souvent, au milieu de la nuit, pendant qu'ils étaient de quart, arriver à l'improviste, pour se faire reconnaître, et voir, par lui-même, si tout marchait d'après ses ordres et suivant sa volonté?

Les hommes de toute l'escadre connaissent sa silhouette mince. Ils l'ont vue, dans la rivière Min, lorsque la fumée de la bataille dissipée, elle se dressait, au pied du mât d'artimon du *Volta*, impassible, et insensible en apparence, pendant qu'après le fracas de la canonnade, les équipages des vaisseaux étrangers, debout sur les bastingages et sur les vergues, poussaient en son honneur, des hourras à n'en plus finir.

Il n'y a pas un matelot de l'escadre des mers de Chine qui ne lui offrît sa vie, s'il la demandait. Équipages et officiers, tous se sentent commandés ; ils obéissent à un signe. Sous l'œil de l'amiral, tous sont prêts aux plus grandes choses. Les marins sont là, vigilants et attentifs dans la batterie, car ils savent qu'il ne fait rien à la légère, que le moindre de ses commandements n'est exprimé qu'après une réflexion mûre, et qu'il est sûr de ce qu'il fait et de ce qu'il ordonne de faire. Et pendant les plus terribles nuits de la croisière, lorsque la mousson soufflait en tempête, il n'y eut pas un instant d'inquiétude : il était là !

Il était là, veillant à tout, réglant tout, cachant, grâce à une incroyable force d'énergie, ce qu'il souffrait, et ne laissant voir à personne qu'il était et qu'il se sentait tout près de la mort.

Non, nous ne savons point soigner notre gloire, et, jusqu'alors, il ne s'est trouvé personne, pour raconter cette admirable croisière de Formose où les équipages en étaient arrivés à une tension nerveuse telle, que nombre de marins se bouchaient les oreilles, pour ne plus entendre le perpétuel sifflet des machines qui les affolait.

J'ai vu, moi qui vous parle, le *Volta* désarmant à Cherbourg, les officiers bronzés dans leurs vieilles tuniques d'uniforme, présidant au désarmement; les hommes, les cheveux longs et la barbe longue, travaillant, démontant les canons que les grues saisissaient pour les déposer sur le quai de l'arsenal, et propres encore, malgré l'usure dans leurs vieilles vareuses rapiécées. Le croiseur conservait les traces de

quelques blessures, pas grand'chose, tant la bataille avait été rapide, sinon foudroyante; mais les officiers montraient, non sans orgueil, la place où se tenait l'amiral, où il resta, pendant l'écrasement, et où tous l'aperçurent, debout, son petit chapeau de paille sur la tête, lorsque la fumée, à peu près dissipée, roulait ses derniers flocons sur la rivière, suivant le courant qui l'entraînait vers la mer, en même temps que les débris de l'escadre chinoise, en un clin d'œil anéantie.

Et puis la destruction méthodique du retour, les forts pris à revers, les pièces d'artillerie fracassées dans leurs embrasures, quelque chose d'admirable, d'une précision inouïe, et toujours sous l'œil de l'amiral qui marchait en avant, sortant de la fournaise où, pendant quarante jours, anglais et américains l'avaient considéré comme perdu, pris dans une souricière de façon à n'en pas pouvoir sortir.

Il en était sorti, cependant, sans dommages matériels et, pour ainsi dire sans perte d'hommes; et voilà que maintenant, dans la besogne ingrate de la croisière, nos marins peinaient sans se plaindre! Est-ce qu'il n'y était pas lui, à la peine comme tous les autres, comme le dernier des matelots?

Ainsi, sa force morale à tous s'imposait. C'était le chef, le vrai chef, celui qui sait commander et se faire obéir, qui apparaissait comme invincible, même par les éléments, et que tous auraient suivi n'importe où, sûrs qu'ils étaient de la victoire, du moment qu'il était là, qu'ils le savaient là, même sans le voir, et qu'ils exécutaient des ordres par lui donnés.

Ce soir-là, du 24 décembre, le fusilier-marin Michel Dalidan s'endormait sur le pont du *Bayard*, au moment même où le grand soleil, comme un aérolithe, se précipitait derrière l'horizon.

Vingt-deux ans, et la médaille militaire! L'amiral lui-même l'avait attachée à sa vareuse, un soir, après toute une journée de bataille où les compagnies de débarquement s'étaient couvertes de gloire; lui particulièrement, paraît-il, mais sans qu'il s'en doutât.

Toujours est-il qu'il était là, cousu à sa vareuse de mathurin, le ruban jaune, moiré, avec son petit liséré vert, et qu'il se demandait bien des fois, ce qu'on en pensait là-bas, bien loin, au bout du monde, dans le logis du patron de pêche Dalidan, du quartier de la Hougue, où l'on comptait beaucoup plus d'enfants que de livres de rente sur l'État.

C'était lui l'aîné, et derrière lui, il y en avait dix autres, rien que cela. Et sur ces dix, deux qu'il ne connaissait pas, un garçon et une fille venus au monde, depuis qu'il bourlinguait (1) dans les mers de Chine, sous les ordres de l'amiral.

Il faut prendre du poisson pour nourrir tout cela, et pousser dehors par les pires temps du monde!

Il en avait vu de dures, lui-même, avant son temps de service, à bord de la barque paternelle, à demi-pontée seulement, lorsqu'on allait relever les lignes tendues sur des hauts-fonds, au large de Barfleur, et qu'au retour, on se sentait pris dans le tumulte du ras de Gatteville, et si violemment secoués qu'on se croyait dans le gouffre, pour n'en plus sortir.

Mais, dans la nuit venteuse, l'œil énorme du phare flambait, et l'on marchait dessus, ou à peu près, la barque suffisamment chargée, au milieu de l'écume et des embruns, dans un tapage infernal, mais qui ne donnait pas envie de dormir, parce qu'il fallait virer dans l'Ouest pour regagner Saint-Vaast, et cela, à travers une foule de dangers mortels, si l'on n'a pas l'œil au bossoir.

Et il pensait à cela, Michel Dalidan; tout cela lui revenait en mémoire, pendant que ses yeux appesantis se fermaient, sous les effluves de cette nuit tiède, amollissante et énervante, et qui lui paraissait singulière, quand il se rappelait les arides nuits de Noël de la Manche, où le vent glacial coupe la figure des plus endurcis, quand la neige tourbillonnante et aveuglante déroute ceux qui roulent au large, où ils sont perdus, comme dans un désert sans fin.

La tête entre ses deux bras posés en rond, comme un câble lové, et ceux-ci appuyés sur les basses pièces de l'affût du canon de chasse, au gaillard d'avant, il se trouva tout d'un coup transporté dans un rêve qui le ramenait de quelques années en arrière.

C'était dans la journée du 24 décembre qui précède la nuit de Noël. Dès la petite aube, le père le secouait dur sur sa couche, sans prononcer une parole. C'était convenu de la veille au soir : il fallait se mettre en route, au jusant, pour rentrer à la marée montante. Dans la journée pré-

____

(1) Expression de métier, pour dire naviguer.

cédente, on avait établi les casiers, tout là-bas, dans les approches du Dranguet, un banc de roches où le coquillage pullule, et où il fait bon lui tendre les pièges, surtout dans les endroits où l'eau baisse sans rien découvrir.

Il faisait un froid du diable avec une petite brise toute maigre, mais qui, à travers les tamaris, soufflait comme à travers des cordages. Sur le sol durci du chemin, leurs pas résonnaient d'une façon étonnante, répercutés, dans cette atmosphère claire et glaciale, à n'en plus finir; et déjà dans les champs voisins le bétail se réveillait.

La barque était à l'ancre dans l'estuaire de la Saire, et, pour y arriver, il leur fallait, comme on dit, avaler un fameux bout de route, sous le ciel rayonnant où les étoiles semblaient jeter le froid sur la terre et sur la mer, à coups d'étincelles.

En partant, ils n'avaient réveillé personne, ni la mère, ni les huit galopins qui, couchés l'un près de l'autre, sinon l'un sur l'autre, sur deux ou trois matelas de varech recouverts de toutes les hardes de la cambuse, dormaient à poings fermés.

Un bon sommeil, c'est autant de gagné pour ces pauvres qui, le jour venu, s'ébattent le long des chemins et sentiers, en attendant, les garçons, que le moment soit venu d'embarquer à leur tour et de courir des bordées quotidiennes, ici ou là, entre deux marées.

Lui, Michel, se frottait de temps en temps les yeux, un peu maussade d'abord, parce qu'il n'aurait pas mieux demandé que de dormir plus longtemps. Mais la froidure matinale aidant, et aussi le but de l'expédition lui revenant en mémoire, il marchait allègrement, le long du chemin qui, de Saint-Vaast, conduit au pont de Saire; et même il sifflotait un air du pays, d'une façon très crâne, histoire de faire voir à son père qu'il ne regrettait point le lit, et que rien ne lui plaisait mieux que d'embarquer, par cette froide matinée, et par cette bonne petite brise sèche qui poussait les lames tout doucement, en les déroulant à l'infini et en leur faisant faire une si douce musique.

L'expédition matinale n'était point, d'ailleurs, un secret pour lui. Si

DÉJA LE BÉTAIL SE RÉVEILLAIT.

le père avait tendu ses casiers, il en savait la cause. Le coquillage ne donne pas beaucoup, par ces temps de froidure, mais avec un peu de chance, peut-être trouverait-on quelques pièces de choix !

Et tout cela pour le réveillon, où le père avait invité le vieux patron Laroque, un pensionné de la marine, son voisin, et sa petite-fille Clorinde, qui était une perfection. Quinze ans tout au plus, pensez donc ! mais alerte, empressée à la besogne et si courageuse ! Deux ans de moins que Michel, tout juste ce qu'il fallait pour un bon ménage, lorsque le moment serait venu ! C'était ce qui se disait dans la maison du patron Dalidan ; et le vieux Laroque ne s'y opposait pas, bien au contraire !

D'abord, il lui fallait pour gendre un marin, à ce vieux loup de mer, et un marin consommé, à la condition cependant que Clorinde ne s'éloignerait point de la cambuse, et qu'ils vivraient à trois où ils vivaient maintenant à deux, depuis que le père et la mère de Clorinde s'en étaient allés pour ne plus revenir, du moins dans ce monde.

C'était un mariage à peu près arrangé ! Michel aurait sa part dans la barque paternelle, tandis que Clorinde rapporterait, chaque soir, le prix de ses journées de couturière : vingt sous, s'il vous plaît, et nourrie ! Avec cela, permis d'aller de l'avant et d'attendre la famille, quand on sait le prix de l'argent, et qu'on a bien plus de mal à le gagner, qu'à le dissiper en bombances, dans les cabarets et dans les bouges du port !

Seulement, ça ne pouvait se faire avant l'accomplissement final du service à l'État, parce que ce n'est pas la peine de prendre femme pour l'abandonner tout de suite, et s'en aller on ne sait où, partout où il plaît au ministre de vous envoyer, pour l'honneur de la France et la garde du pavillon.

Donc, le soir de ce jour-là, après la messe de minuit, il devait y avoir gala chez le patron Dalidan ; c'était convenu ! A la table bâtie avec des planches allongées sur des tréteaux qu'il n'était point commode d'équilibrer sur l'aire inégale de la cambuse, le vieux Laroque occupait la place d'honneur, ayant à sa droite la femme du patron. Lui-même faisait vis-à-vis, ayant pour voisine Clorinde, et le reste des gamins et des gamines un peu au hasard. On avait arrangé cela ainsi depuis des semaines. Mais, tout en gagnant l'estuaire de la Saire, où la barque était à l'ancre, maître Dalidan et Michel se faisaient la même réflexion.

— Pourvu qu'il y ait des homards dans les casiers!

Quand ils arrivèrent, le flot descendait ferme, et la *Mignonne*, — c'était le nom de la barque du patron Dalidan, — tirait sur son câble, comme si elle eût voulu gagner toute seule la haute mer et s'en aller avec le jusant. Et, à part le bruit monotone du ressac sur le sable en talus de la rivière, et le petit sifflement du vent à travers les herbes rudes du bord, on n'entendait rien autre, sinon, de temps en temps, des cris d'oiseaux qui attendaient le retrait complet de la mer pour s'abattre dans l'estuaire et y chercher leur pitance accoutumée.

Dalidan tira sur le câble et amena la *Mignonne* jusqu'au bord.

— Allons, embarque, Michel, et hissons vite; avec ce vent d'amont, il nous faudra tirer des bordées pour sortir de la baie.

— Pas besoin, fit Michel, puisque nous nous en irons tout doucement, avec le jusant. Il sera toujours temps de faire de la toile quand nous aurons doublé la pointe.

— Mais c'est la vérité même, reprit le patron; ah çà! Michel, est-ce que tu serais plus marin que les anciens?

Ils embarquèrent, ramenèrent l'ancre à bord et s'en allèrent vers le large, Dalidan à l'arrière, et gouvernant de façon à suivre le chenal, pour faire plus de route, avec moins de peine.

Une fois à l'ouvert de la baie, et comme il fallait gagner dans l'Ouest, pour lever les casiers, ils hissèrent tout, le foc, la misaine, la grande voile et le tape-cul, au moment même où le pâle soleil de décembre, sortait des flots, au delà des deux îles Saint-Marcouf et éclairait, comme par miracle, toute la côte, depuis la Hougue jusqu'aux coteaux riverains où la vieille église de la Pernelle d'un côté, et l'église de Quettehou, de l'autre, prenaient une couleur blanchâtre, sous les premiers et pâles rayons de ce soleil d'hiver.

Et ils s'en allaient ainsi, le petit vent maigre gonflant à peine les voiles frissonnantes, parallèlement à la côte, et faisant peu de route ; mais ils avaient bien le temps ! Ce n'est pas une affaire que de lever des casiers ! L'important était de ne pas revenir bredouille, et sans le plat de résistance rêvé, pour faire honneur au vieux Laroque et à sa petite-fille.

Assurément, il était possible de trouver mieux et, dans la ferme du Tot, par exemple, chez maître Malenfant, un fameux feu de fagots flamberait, la nuit venue, dans la vaste cheminée où les broches tourneraient, pour le réveillon, avec un bon nombre de volailles enfilées, l'une au bout de l'autre, et rôtissant, avec une pluie de beurre tombant en gouttes pressées, dans les lèchefrites, sur les pommes de terre rangées tout autour et prenant, à mesure, de magnifiques teintes dorées.

Mais ça, c'est pour les riches, qui réveillonnent avec du cidre en bouteilles, et même du vin, à pleins verres ; et la volaille, ça ne pénètre pas souvent dans la cambuse d'un pêcheur !

Et maître Dalidan se disait, en lui-même, que du reste il en eût fallu une fameuse, pour faire figure dans son ménage, avec tant de petites bouches affamées.

Enfin, il faut bien se contenter de ce qu'on a ; et si seulement les casiers, tous les casiers n'étaient pas vides !

Sur les douze qu'on avait tendus la veille, dix ne contenaient rien : mais, dans les deux derniers, deux homards monstrueux s'agitaient, surpris de ne pouvoir sortir d'un piège où ils étaient si facilement entrés. Jamais le patron Dalidan n'en avait vu d'aussi formidables.

C'était toujours ça ! De l'eau plein le chaudron, avec des assortiments aromatiques, du thym, du laurier, du romarin, du sel, du poivre en masse et des oignons piqués d'une belle bordure de clous de girofle, et c'en était fait, au bout de vingt minutes de ces monstres sans pareils, dignes de figurer sur la table du Président de la République.

Malgré cela, la pensée d'une belle volaille poursuivait le patron Dalidan, et, tout en jetant les deux casiers si bien garnis dans le fond de la barque :

— Veux-tu que je te dise, Michel ? Eh bien, c'est embêtant qu'on ne puisse pas prendre, dans ces pièges-là, des gigots de mouton ou bien quelques poulets gras. Le vieux Laroque s'en lécherait les lèvres, et mademoiselle Clorinde, je le parierais, ne cracherait pas dessus. Mais ces choses-là ne sont pas faites pour nous!

Et dans un éclat de rire, il ajouta :

— Du reste, tu te moques de cela, toi, Michel, parce que tu vas t'en aller prochainement dans l'escadre, où les hommes sont nourris comme des princes.

Et Michel répondit:

— Ça n'empêche pas que si j'avais le choix, j'aimerais encore mieux rester avec vous.

Alors, poussés par le petit vent frais, on reprit la direction de la baie de Réville où ils rentrèrent, toutes voiles dehors, avec le flot qui revenait en écumant sur les rochers, et, la barque ramenée à son mouillage habituel, ou à peu près, le père et le fils regagnèrent la route de Saint-Vaast, Michel portant, dans un panier, sur un bon lit de varech frais, les deux homards qui, dans le fond, donnaient, de temps en temps, de solides coups de queue. Quel bonheur de rapporter cela à la maison, dont ils apercevaient, de loin, le toit de chaume et la cheminée lézardée!

Et voilà que, sur le chemin même, à quinze cents mètres environ de Saint-Vaast, ils firent rencontre de maître Malenfant, le fermier du Tot, qui revenait de la ville.

— Eh bien, Dalidan, est-ce que vous avez fait bonne pêche; et qu'est-ce que le gamin porte dans ce panier là?

— Vous savez, maître, la saison n'est pas fameuse, et ce n'est pas quand il gèle à pierre fendre que le homard se laisse prendre dans les casiers. Malgré ça, le gamin porte, dans son panier, deux pièces comme on n'en voit pas tous les jours.

Et comme le fermier écartait, du doigt, les algues marines qui couvraient les deux bêtes monstrueuses :

— Prenez garde, s'écria Dalidan, ça sort de l'eau et ça vous couperait les doigts comme rien du tout.

ILS APERCEVAIENT DÉJA LES TOITS DE CHAUME.

Maître Malenfant se le tint pour dit ; mais enfin, il voulait voir et, le panier étant posé à terre, il écarta les algues, du bout de son pied de frêne, et demeura stupéfait :

— Diable, dit-il, deux bêtes comme ça sur la table, au retour de la messe de minuit, ça ferait, j'imagine, bonne figure. Combien en demandez-vous, Dalidan?

— C'est que, voyez-vous, maître Malenfant, à l'heure qu'il est, et par la froidure qu'il fait, ces bêtes-là, ça n'a pas de prix.

— Alors, pas moyen de faire d'affaires avec vous?

— Je ne dis pas ça, reprit le patron Dalidan, mais mon idée n'est pas de les vendre.

Et il ajouta doucereusement :

— Si le cœur vous en disait, je vous proposerais tout simplement un échange. Et savez-vous? je vous donnerais volontiers les deux bêtes, pour un des plus petits dindons de votre basse-cour.

— Marché fait, dit Malenfant, et tant pis pour moi si j'y perds ! Vous êtes un brave homme, Dalidan, c'est connu dans toute la contrée, et je ne m'en plaindrai point. Donc, gagnons la ferme, et vous ferez votre choix.

Ils s'engagèrent dans les petits sentiers, et même à travers les herbages où le bétail, dehors malgré le froid, bœufs, vaches et chevaux mêlés, s'écartaient pour leur faire place, et une fois dans la grande cuisine de la ferme, maître Malenfant fit tirer, au tonneau, trois moques de cidre frais :

— A votre santé, Dalidan, et à la tienne, garçon! Aussi vrai que je vous le dis, il n'y a pas une goutte d'eau là-dedans.

Et s'adressant à la servante :

— Allons, vite le chaudron sur le feu, et fais-moi cuire ces deux bêtes-là ; je suis sûr qu'on n'a jamais vu les pareilles d'ici Cherbourg.

Michel, prenant les deux monstres, avec des précautions infinies, les posa sur l'aire de la cuisine , et ils avaient l'air si féroce et agitaient leurs énormes pinces avec tant de vélocité, que la servante en était effrayée, et qu'elle se sauvait dans les coins avec des cris qui faisaient rire les autres.

Enfin, maître Malenfant qui, pendant ce temps-là, s'était éloigné, revint avec une dinde superbe, toute plumée et toute parée, et d'un ton de jovialité communicative, s'adressant au patron :

— J'y perds, mais ma foi, tant pis! Ce n'est pas tous les jours Noël, et il y a, chez vous, patron, bien des paires de mâchoires pour enfoncer leurs dents à même cette chair fraîche.

Quelle surprise! Comment, une bête pareille, pour réveillonner dans la cambuse? Ah! non, ce n'était pas possible! Et Dalidan, tout confus, répétait :

— Ce n'est pas bien, maître, non, ce n'est pas bien de se moquer ainsi des pauvres gens?

— Mais va-t'en donc, mais va-t'en donc, répétait le fermier, en éclatant de rire; voyons, Dalidan, est-ce qu'il faudra vous la faire manger de force? Et toi, garçon, ne lui feras-tu pas l'aumône d'un coup de dent?

Michel était aux anges. Quel festin avec une bête pareille, si blanche et si dodue, la peau tendue comme un tambour, à force de graisse, et qui prendrait, devant le feu, de belles teintes rousses et dorées, lorsqu'elle tournerait, pendue au bout d'une ficelle, et le ventre bourré de marrons.

Les marrons, ça n'est pas cher, à la saison, et Clorinde les aimait tant!

Alors, la joie au cœur, et l'estomac en éveil, en présence d'une aussi belle pièce, on regagna la cambuse, et, une fois entrés, le patron qui avait toujours le mot pour rire, jeta dédaigneusement la bête sur la table déjà dressée et dit :

— Rien à faire, par ce temps de chien! Regarde, la bourgeoise, voilà toute notre pêche.

Pour un poisson de cette sorte, certes! on n'en avait jamais vu, dans le logis du pêcheur; et ce qu'il y avait de plus curieux, c'est qu'à la hauteur du Dranguet, ils l'avaient retirée de l'eau, comme cela, toute vidée et ficelée, prête pour la cuisson !

Hein! Qu'est-ce qu'allait dire ce vieux marsouin de Laroque, lorsque sur les deux heures du matin, on lui poserait sous le nez cette mirifique volaille, si lourde et si en chair qu'il y en aurait pour tout le monde, sans qu'il fût besoin d'autre chose?

Un peu de café par là-dessus seulement, avec un ou deux petits verres et quelques pipes de tabac, et, ma foi! la noce serait complète.

Michel ne pensait guère qu'à l'étonnement de mademoiselle Clorinde, quand elle verrait apparaître cette belle bête, si largement nourrie dans la ferme du Tot, et dont la chair était assurément tendre comme de la rosée.

Et le moment venu, après la messe de minuit où les enfants, éblouis par toutes les lumières du chœur, avaient oublié le sommeil, le vieux Laroque fit son entrée, en compagnie de sa petite-fille, jolie comme une bonne Vierge, dans ses atours de fête, ses beaux cheveux ondulés sortant du bonnet de linge, en deux bandeaux épais, et si noirs sur sa peau blanche, que Michel en était émerveillé.

Devant l'âtre rutilant, la dinde tournait, au bout de sa ficelle, et répandait, dans la cambuse, une odeur si appétissante, que toutes les narines s'en dilataient.

Et pendant que l'on se rangeait autour de la table, chacun à la place désignée, mais le vieux Laroque au poste d'honneur, ayant pour vis-à-vis sa petite-fille, madame Dalidan coupait la ficelle, et non sans peine, posait sur le milieu de la table, dans son large plat plein d'une sauce appétissante, la volaille sans pareille échangée par maître Malenfant, contre les deux homards pêchés au Dranguet.

Pas besoin de chandelles sur la table! Les yeux de toute la marmaille auraient largement suffi à éclairer tout le logis!

Oui, mais qui donc allait découper cela, dans les règles? Une bête de la sorte, ça ne se laisse pas faire comme du poisson; et le vieux Laroque se récusa.

Il en fut de même de Dalidan, et Michel, qui n'osait pas davantage, eut cependant le courage de dire :

— Peut-être que mademoiselle Clorinde nous rendra ce service.

Elle rougit, un peu intimidée, mais ne s'y refusa pas.

— Certainement, monsieur Michel, dit-elle, je n'y connais pas grand'-chose, mais je ferai de mon mieux.

Alors, le patron Dalidan, en riant aux éclats, se mit à frotter l'une contre l'autre, les lames de deux couteaux énormes, pendant que madame Dalidan, qui avait l'œil à tout, jetait de l'eau bouillante, dans la grande cafetière, d'où s'échappait, en flocons, une fumée épaisse dont le parfum embaumait toute la maison.

Adroite comme une fée, cette petite Clorinde! Et bientôt l'énorme bête découpée passa, en morceaux, dans les assiettes des convives, qui se mirent à dévorer à belles dents, avec un fracas de mâchoires tout à fait joyeux. Non, jamais ils ne s'étaient trouvés à pareille fête; de sorte qu'il ne resta plus rien sur le large plat où, tout à l'heure, se pavanait l'énorme volaille parfumée.

Et Michel, tout en mangeant, regardait manger Clorinde et se disait qu'il voudrait bien avoir fini son temps de service à l'État, d'abord pour être plus vieux de trois ou quatre ans, aussi pour paraître plus homme aux yeux de la petite-fille de ce patron Laroque, qui avait roulé sa bosse sur toutes les mers du globe.

Et tandis que le vieux Laroque et le patron Dalidan trinquant avec leurs tasses de café souvent vidées et remplies, se rappelaient leur ancien temps de service et parlaient parfois tous deux ensemble; tandis que les enfants, pour la plupart, s'endormaient, la tête sur la table, Michel se hasardait à prendre la main de sa voisine; mais c'était tout ce qu'il pouvait faire; et il la regardait, sans rien dire.

Eh bien, il paraît que ce silence est un langage tout de même, car Clorinde répondait à Michel de la même manière, et peut-être n'eussent-ils pas songé à interrompre cette conversation, si Mme Dalidan, fidèle à toutes les traditions, n'avait fait remarquer que le moment était venu de chanter quelque chose, pendant qu'elle allait faire bouillir, dans la

casserole, deux pots de flip, quelque chose de distingué, et qui rendrait
la vie à un mort.

Du cidre, du sucre, de l'eau-de-vie, tout cela mijotant ensemble, voilà
la recette, et c'est si souverain qu'une fois lesté avec ce mélange, on
peut passer la nuit en mer, même par les plus grandes froidures, par
vent et par neige, sans que le sang, sous la peau fouettée, se refroidisse
d'un degré.

Alors, le vieux Laroque, posant discrètement sa pipe sur la table,
toussa deux ou trois fois de suite pour se mettre en voix, et se mit à
entonner une ancienne chanson composée jadis, au temps de l'empereur,
par quelques loustics du camp de Boulogne, et dont le refrain fut repris,
en chœur, par toute la compagnie, Dalidan en tête, qui, pour marquer
la mesure, donnait de grands coups de poing sur la table, où les
verres, heureusement vides, où à peu près, sursautaient :

> Comme ils sont beaux, comme ils sont frais,
> A quatr' pour un sou les Anglais !

Et, la chanson finie, Laroque, devenu légèrement verbeux, expliquait
que les Anglais, c'étaient les harengs que les pêcheurs de la côte ven-
daient dans le camp, où ça faisait plaisir de les manger, surtout à si bon
compte, pour varier l'ordinaire.

Le flip étant prêt et bientôt versé, ce fut le tour de Mlle Clorinde, qui
ne se fit point prier, et, quand on eut trinqué, une première fois, pour
voir ce que valait la cuisine de Mme Dalidan, les petits dormant à qui
mieux mieux sur la table, la tête dans leur assiette, elle entama la
romance du *Capitaine négrier*, populaire le long de la côte normande,
mais qui s'entend toujours avec un nouveau plaisir :

> Le vent du soir, dans la savane,
> Courbait les mangliers fleuris...

Quelle voix douce et pénétrante, et quel charme! Mme Dalidan, les
deux poings sur les hanches, se tenait derrière Clorinde, pour mieux

UN ÉBRANLEMENT SPONTANÉ DU CUIRASSÉ RÉVEILLA LE SONGEUR.

entendre, et, à la fin de chaque couplet, les deux anciens se regardaient, les yeux écarquillés, brillants comme des chandelles, et Dalidan, pour être agréable au vieux lascar, disait :

— Vous savez, patron Laroque, on ne chante pas mieux à Cherbourg, c'est moi qui vous le dis.

Mais le vieux Laroque avait de l'ambition, cette nuit-là, et, tout en caressant la fillette du regard, il répliquait :

— A Cherbourg, Dalidan? Mais vous pourriez dire à Paris!

Il est vrai qu'il connaissait Paris pour l'avoir vu, marqué par un point, sur la carte, mais ces vieux-là n'y vont jamais par quatre chemins et Laroque disait cela tout naturellement, comme il eût affirmé qu'à Londres et à Constantinople il défiait quiconque de trouver fillette capable de chausser les petits sabots de Clorinde.

Elle, toute à son affaire, n'y prenait pas garde et poursuivait la romance du *Capitaine négrier*, sans regarder personne, par timidité, et aussi pour bien faire comprendre qu'il ne fallait pas la distraire.

Et quand ce fut fini, on se mit à applaudir, à toutes forces, avec les mains d'abord, puis avec les verres ; et le vieux Laroque y mettait un tel entrain qu'il en écrasa un, entre ses doigts robustes où se montrèrent bientôt quelques gouttes de sang.

Pas la peine de faire attention à si peu de chose! Mais voilà que les cloches de Saint-Vaast, et le carillon plus modeste de Réville, se mirent à sonner pour les offices de l'aurore! Cela voulait dire que l'aube se montrait, et qu'il était temps de s'en aller dormir un peu.

— Sans mentir, dit Mme Dalidan, ça passe vraiment trop vite!

Et Mlle Clorinde, en regardant Michel, prononça ce seul mot :

— Déjà !

Ce qu'entendant, le vieux Laroque s'écria :

— Vous voyez, Dalidan, elle n'a pas sa pareille au monde et je parierais qu'elle irait volontiers jusqu'à la nuit prochaine, sans fermer l'œil.

Et Dalidan, tout en tirant d'énormes bouffées de sa pipe, répliqua que, ma foi, il comprenait cela, et que les yeux de Mlle Clorinde étaient trop beaux pour se fermer jamais.

N'importe! comme dit le proverbe, il n'est si bonne compagnie qui ne se quitte, et, malgré tout le plaisir partagé, il n'y eut que Michel pour répéter le mot de Clorinde :

— Déjà!

Et seul aussi, sur le chemin, il regardait s'en aller, dans l'ombre déjà blanchissante, l'aïeul au bras de sa petite-fille et qui, tout en titubant un peu, répétait :

> Comme ils sont beaux, comme ils sont frais,
> A quatr' pour un sou les Anglais!

Clorinde, de temps en temps, se retournait, pour lui faire, à lui Michel, des signes de tête affectueux; si affectueux même qu'il en avait, sur les yeux, comme un brouillard qui l'empêchait de voir l'horizon oriental éclairé déjà par un pâle soleil levant d'hiver, et qui présageait une admirable journée de Noël.

Comme elles passent vite ces heures inoubliables des premières attractions! Et pourtant, quelle place énorme elles tiennent dans la mémoire!...

Tout à coup, il y eut un ébranlement spontané du cuirassé, qui réveilla le songeur.

C'était le canon du *Bayard*, qui tonnait au lever du soleil.

Et pendant que Michel, debout, frottait ses yeux éblouis par l'astre qui sortait du gouffre, avec une précipitation inouïe, comme il s'y était plongé, quelques heures seulement auparavant, il aperçut, montant allègrement, le long de la drisse, comme une alouette, tout droit dans le ciel, le pavillon tricolore, et, sur le gaillard d'arrière, l'amiral lui-même, entouré de ses officiers, tête nue comme lui, et le piquet de garde qui présentait les armes; tous saluant solennellement les couleurs de la France, de ce doux et beau pays où, dans un petit coin perdu, sur les bords de la Manche, il venait de revivre, en quelques instants, tant de charmantes heures écoulées.

Il y a de ces bonheurs-là, dans la vie, qui viennent on ne sait d'où,
surprendre, à de certains moments, les consciences tranquilles; illusions
inexplicables du sommeil, aussi intenses presque que la réalité même.

C'est l'âme des braves gens qui s'envole peut-être, quand l'enveloppe
matérielle repose, et qui, en un instant, avec l'élan de la pensée, plus
rapide que la lumière, fait le tour de la terre, pour s'exercer à ses
futurs voyages dans l'éternité.

LE VIEUX NOBIS

Pourquoi l'appelait-on Nobis? Je l'ignore; et, dans la commune, chacun l'ignorait, comme moi. On l'appelait Nobis, et voilà tout ce que je puis dire.

Il répondait à ce nom, par habitude sans doute, à force de s'être entendu interpeller ainsi, depuis des années et des années.

Les plus anciens disaient qu'un jour on l'avait trouvé, sous le vieil if du cimetière, un arbre qui remontait aux temps carlovingiens, et qui, malgré les ans accumulés, malgré les flétrissures de son tronc à demi moisi, où s'étalaient, en tous sens, les nodosités multipliées, comme les veines varices sur la jambe d'un pauvre homme, reverdissait chaque année, s'il est permis de parler de verdure, à propos de ce feuillage sombre, à travers lequel perçaient, de-ci de-là, quelques baies d'un rouge écarlate.

Mais, au moment de sa floraison, c'est-à-dire deux mois après les autres arbres, les petites baies rouges se faisaient de plus en plus rares. La sève ne montait plus, ou du moins elle circulait avec une lenteur de plus en plus grande, très ennuyée de se frayer un passage à travers des vaisseaux à peu près ankylosés; de sorte que les tons cuivrés de l'automne se montraient, dans toute la campagne environnante, quand le vieil if séculaire se mettait à verdir; pas pour longtemps.

L'église à moitié délabrée, devant le portail de laquelle il déployait l'entrelacement de ses rameaux tordus, n'était pas beaucoup plus jeune que lui.

A force de peser, pendant des siècles successifs, sur la terre du cimetière, elle finissait par s'y enfoncer, et si l'arbre ne croissait plus, l'église s'affaissait, comme une aïeule très antique, qui se rapproche du sol où elle trouvera bientôt sa dernière demeure, sous les fleurs et sous les gazons.

Dans toute la circonférence, les rameaux dépouillés s'allongeaient, et plus ça montait, plus ça mourait. La sève, comme le sang chez les mortels, abandonnait les extrémités, et le vieil if était coiffé, tout en haut, comme d'un casque de rameaux morts, très touffus, très enchevêtrés, et dont quelques-uns tombaient, chaque hiver, avec des craquements bizarres, quand le vent du Sud-Ouest s'acharnait sur l'église et sur cet arbre séculaire, dont les racines, solides encore, se propageaient et se cramponnaient dans les profondes entrailles du sol.

Fallait-il qu'il eût l'âme chevillée dans le corps, pour résister à de pareils assauts ? D'autant plus que rien ne l'abritait. L'ouragan, après avoir roulé sur une immense vallée, où la rivière coulait à pleins bords, tombait droit sur lui, et faisait, à travers ses branches tordues, une étrange musique, avant de s'engouffrer à travers les fissures du portail vermoulu, ou bien à travers les ogives qui, de chaque côté, montraient leurs vitrages démolis.

Parfois il arrivait, dès la première heure matinale, que le bedeau, procédant à la toilette sommaire de l'église, ramassait un saint de bois sculpté, brutalement arraché de sa niche, et qui gisait sur les dalles, tout de son long, ou sur le ventre, ou sur le dos.

Tant bien que mal, il le remettait en place, sur son petit socle à peinture éraillée, sans se douter que la bourrasque seule était responsable de cette sorte de sacrilège, et pas éloigné de croire que les antiques sorciers des bois voisins d'Étanclin et de Limors, passaient, de nuit, à travers les fentes du portail ou les ogives dégarnies, pour engager la lutte, avec les statues des saints qui, par suite de chutes ou de chocs répétés, étaient tous camards, détériorés d'une façon ou d'une autre, et presque piteux à force de cicatrices sans nombre.

Il y en avait un surtout, le patron de la paroisse, un saint d'origine scandinave sans doute, qui s'appelait Vulmer, dont le corps tout entier n'était qu'une plaie, et qui, vous regardant d'un air douloureux du haut de son poste d'honneur, à droite du maître-autel, semblait vous demander pardon des déchirures de sa robe et des blessures de sa face vermoulue, où les vers achevaient activement la besogne patiente du temps.

C'est au pied du vieil if — il y avait bien longtemps de cela, si longtemps même que tout souvenir précis échappait — qu'un habitant de la commune, très matinal, obligé de traverser le cimetière pour gagner ses cultures, aperçut, emmailloté dans un linge troué en maint endroit, le petit bonhomme vagissant qui, plus tard, devait s'appeler Nobis.

Assurément, la trouvaille ne datait pas d'hier, car le vieux comptait bien, à l'apparence, une large soixantaine d'années, quand je le vis pour la première fois, lors d'un mariage resté gravé dans ma mémoire.

Comme ces choses-là s'éloignent, mon Dieu! Elles s'en vont pour ne jamais revenir, du moins en ce monde, mais elles gardent, dans la perspective fuyante des années, une ampleur extraordinaire.

C'est la joie des vieux jours que tous ces souvenirs, et qui serait sans mélange, si le Temps, inconscient et brutal, aveugle et barbare, n'avait point donné, ici et là, quelques lâches et stupides coups de faux.

Nobis y assistait, dans le bas de l'église, vêtu de sa limousine effilochée, les longs cheveux blancs répandus sur les épaules, et appuyé des deux mains sur son lourd bâton de frêne, qui s'en allait jusqu'au bout en s'élargissant comme une massue.

A ses côtés, une fillette se tenait; huit à neuf ans à peine, en haillons, mais proprette, accorte, la tignasse blonde et frisante sortant d'un bonnet trop étroit d'étoffe noire, les yeux bleus comme l'eau de la rivière dans les radieux jours d'été, et les pieds nus, comme Nobis lui-même, le plus souvent pour ne point trop user une paire de sabots, reliés entre eux par

LE VIEIL IF DU CIMETIÈRE REMONTAIT AUX TEMPS CARLOVINGIENS.

une ficelle qu'elle se passait autour du cou, et pendant de chaque côté de la poitrine où parfois ils se heurtaient.

A quoi bon user les chaussures, quand les chemins et les sentiers poussiéreux sont aussi doux aux pieds que les plus moelleuses prairies?

Le vieux Nobis habitait, au sommet de la lande tombant en pente jusque dans la rivière, une solitaire masure ouverte à tous les vents, comme l'église. Les bourrasques avaient fini par emporter la toiture de chaume, ou à peu près, et le mendiant s'en venait dormir là, après ses tournées quotidiennes dans les environs.

La misère, toujours subie, l'ayant rendu industrieux, tant bien que mal, il s'était fait une sorte d'abri dans cette ruine.

Le brave homme qui l'avait ramassé au pied de l'if, ne sachant trop qu'en faire, l'avait porté tout de suite au presbytère, où un certain émoi se produisit, comme bien on pense :

— D'où ça vient-il, maître Ledanois? s'écria la servante, les deux mains jointes et croisées sur la poitrine. Bien sûr, c'est d'une paroisse voisine, car ce n'est pas chez nous que l'on voit de pareilles horreurs.

— Ça je ne puis pas vous dire, mademoiselle Désirée ; mais n'empêche que le gaillard a l'air de ne demander qu'à vivre; et tout ce qu'il y a de sûr et certain, c'est que ce n'est pas moi qui puis l'élever et le nourrir. Alors, j'ai pensé que M. le curé...

— M. le curé, M. le curé, c'est bientôt dit; mais il ne peut cependant pas, le pauvre homme, recueillir tous les enfants ramassés le long des chemins.

— D'accord, mademoiselle Désirée, mais vous conviendrez bien avec moi que je ne puis pas m'en aller jeter ce garçon dans la rivière.

— Çà, c'est vrai, maître Ledanois; mais puisqu'il est né sur le terrain de la commune, qu'elle s'en arrange; vous comprenez bien que le presbytère, ce n'est pas l'hospice. A votre place, c'est là que j'irais tout droit et bien sûr on y gardera votre trouvaille.

— Il faudra bien voir, dit maître Ledanois; mais je n'ai vraiment pas de chance d'avoir passé par l'église, ce matin.

Toujours est-il que ça n'arrangeait point les choses, et qu'il fallait aviser.

L'enfant trouvé, grâce à l'intervention de quelques gens influents de la contrée, fut placé dans un hospice voisin ; mais sans doute était-ce de la très mauvaise herbe, car il n'avait pas dix ans qu'on le voyait déjà rôder par les chemins, récoltant un sou par-ci, un morceau de pain par-là, couchant on ne sait où, probablement dans quelque encoignure d'une de ces masures démolies, au bas de la lande, jadis habitées, et qui, dans les nuits claires, avec leurs grandes ombres projetées par la lune, jusque dans la prairie, ont un aspect fantastique.

C'est ainsi que Nobis avait grandi, et c'est ainsi qu'il vieillissait, content de peu, aguerri contre toutes les intempéries, rebelle aux morsures du froid et aux brûlures du soleil, et roulant, été comme hiver, à travers tous les sentiers de la commune, ramassant, aux jours permis, dans les futaies voisines, une provision de bois pour sa semaine, et, par-ci par-là, tressant des corbeilles ou des paniers d'osier, qu'il allait vendre dans les marchés d'alentour.

Ces mendiants-là, braves gens et pas dangereux, disparaissent peu à peu. Je ne dis pas que ce soit à regretter ; mais le pittoresque et la couleur locale y perdent assurément quelque chose.

Il n'en existait nulle part, bien loin à la ronde, de meilleur et de plus serviable que Nobis. Les exigences de la vie ne le tourmentaient guère. Pourvu qu'il récoltât, une fois l'an, et encore! un vieux pantalon dont le propriétaire ne voulait plus, et pour cause, il n'avait pas besoin d'autre chose pour sa toilette.

Ou plus court ou plus long, il trouvait toujours les moyens de le mettre à sa taille, grâce à un système de ficelles d'une complication extraordinaire. Sa limousine fripée, râpée, percée, effrangée, par là-dessus, c'était tout ce qu'il lui fallait, avec un vieux chapeau sans âge et qui ressemblait à un accordéon, au moment où, petit à petit, il se dégonfle.

L'existence, ainsi pratiquée, n'était assurément pas très brillante, mais Nobis s'en contentait.

Quand il voulait s'offrir quelques douceurs, il descendait la lande,
jusqu'à la rivière, et rien qu'avec une forte épingle recourbée, au bout

d'un fil de fouet, il prenait brochets, perches et anguilles à sa fantaisie,
et en homme judicieux, sachant comment il faut procéder pour varier
son ordinaire.

19

Jamais en défaut d'ailleurs, et connaissant, mieux que personne, les règlements administratifs et ce qu'il en coûte de les transgresser.

A coup sûr, Nobis n'eût point échangé sa vie contre n'importe laquelle, même celle de l'empereur. Pas besoin de luxe, pour être heureux! Le grand air et l'espace, ça suffit pourvu qu'on ne soit pas difficile sur le reste!

Et voilà comment, pendant près d'un demi-siècle, Nobis avait vécu; homme d'expérience et de bon conseil, ayant des remèdes pour toutes les maladies, et qu'il donnait pour rien, quand on lui plaisait, un tas de recettes vulgaires qui n'ont jamais fait de mal à personne et qui se perpétuent, à travers les âges, à la plus grande irritation des médecins.

Mais les gens trop heureux voient toujours la fin de leurs félicités; et il en fut ainsi pour Nobis.

Un matin de mai qu'il était sorti de bonne heure de son logis de la lande, pour s'en aller peut-être sans savoir où, histoire de se dégourdir les jambes, comme il longeait le mur du cimetière, il crut entendre des vagissements plaintifs et il s'arrêta.

Ma foi, oui! ça venait du cimetière où, dans les branches des arbres feuillus, les merles tôt réveillés s'en donnaient à plein gosier comme s'ils n'avaient pas assez de tout le reste de la journée pour leurs concerts.

Le vieil if, moins précoce à cause de son grand âge, était encore nu comme un squelette, presque aussi nu que Nobis lui-même, dont la limousine ressemblait à on ne sait quoi, grâce aux reprises nombreuses faites avec des choses de toute sorte, à la manière des pêcheurs besoigneux qui réparent leurs filets avec toutes les ficelles abandonnées qui leur tombent sous la main.

Nobis ouvrit la barrière et pénétra dans le champ des morts, sans idées tristes, d'autant plus que les violettes blanches et bleues, les pâquerettes et les boutons d'or émaillaient l'herbe verte où les criquets faisaient déjà leur monotone musique de crécelle sous les rayons chauds du soleil qui montait dans le ciel.

Les petits vagissements retentissaient toujours, très plaintifs et assez

espacés : un tout mignon enfant, sans doute, et dont les forces peu à peu
s'en allaient!

Qu'est-ce que cela voulait dire? Et n'était-ce pas un peu fort de penser
qu'un petit être était abandonné là, comme lui jadis, — il y avait bien

longtemps, — et qu'il était exposé à mourir dans les herbes humides,
si le hasard ne l'eût poussé par là, lui, Nobis, comme autrefois il avait
poussé par les épaules maître Ledanois dans des circonstances tout à
fait semblables?

Il s'avança, presque timidement, s'attendant à une surprise, et se dressant sur la pointe des pieds, pour mieux voir de loin, guidé qu'il était par la musique plaintive, mais qui sensiblement diminuait.

Enfin, arrivé sous les branches de l'if séculaire, il aperçut, non loin du tronc, posé dans l'entre-croisement de deux racines, et emmaillotté dans une sorte de châle, un foulard plutôt, comme les marchands ambulants en colportent à dos de bourriquets placides, dans les foires et marchés du pays, un tout petit corps, gros comme rien, avec une tête pâlotte, aux traits tirés, aux grands yeux ouverts et qui, aussitôt qu'elle l'aperçut, retrouva quelque énergie pour crier de plus belle, avec l'instinct des petits animaux inquiets qui demandent du secours.

Nobis s'approcha, rassuré, et saisit l'enfant qui ne pesait rien et incapable du moindre mouvement, ses deux bras étant ficelés dans le foulard, au fond duquel les petits pieds s'agitaient avec une certaine frénésie.

— Si c'est Dieu possible de commettre de ces crimes-là, dit Nobis, oubliant, dans son émotion, que jadis il avait été ramassé lui-même exactement dans des conditions identiques, moins bien ficelé assurément, mais chantant la même chanson, probablement avec une voix plus forte et mieux timbrée, à cause de son sexe, car, ou il se trompait fort, ou ce mince paquet n'était pas autre chose qu'une fillette.

Alors, avec des précautions infinies, Nobis glissa le paquet vivant sous sa limousine, en laissant passer un peu la tête en dehors pour qu'elle pût respirer librement, et il reprit le chemin de son taudis à pas allongés.

Cette créature qui ne criait plus, ça le gênait et, de temps en temps, il la ressortait tout entière pour l'approcher de ses oreilles, comme un enfant fait d'une montre, curieux d'entendre le tic tac précipité du mouvement.

Personne sur les chemins, à cette heure matinale! Les maisons en bordure étaient closes encore, et le vaste horizon de la prairie à demi caché par une brume très légère qui, sous les rayons du soleil oblique, se dissipait.

Et le vieux Nobis, en proie à une inquiétude singulière, forçait le pas, comme un malfaiteur qui porte de la contrebande et s'efforce de

IL LUI PASSAIT ENTRE LES LÈVRES UNE CUILLER PLEINE DE LAIT.

gagner au pied, pour dépister les gendarmes et les agents de la régie.

Ce qui ne l'empêchait pas de parler tout seul, très haut quelquefois, avec l'accompagnement de ses lourds sabots ferrés qui, sur le chemin, faisaient un tapage du diable.

— Faut-il tout de même, disait-il, qu'il y ait des filles dépourvues de cœur, pour abandonner ainsi de petites créatures sans défense! C'est à n'y pas croire, et si je la tenais, la mère, elle passerait, pour sûr, un mauvais quart d'heure!

Et très philosophe, pour cause de longue expérience, il ajoutait :

— Après tout, ça vaudrait peut-être mieux pour elle que je ne sois point passé par là dès l'aube et que le bedeau Bocage l'eût trouvée, froide et inanimée, en allant sonner l'angélus! Les garçons, quand ils prennent le dessus, ça vit tout de même et ça se tire d'affaire; mais les filles, c'est exposé à tant de dangers, en grandissant!

Et comme il arrivait à la hauteur de la maison de Marie Halley, une de ses plus proches voisines, ce qui ne veut pas dire qu'ils demeuraient porte à porte, il aperçut celle-ci qui ouvrait ses volets, encore en bras de chemise et les cheveux sur les épaules.

— Eh bien, Nobis, qu'est-ce que vous portez là, sous votre limousine?

— Ah! ne m'en parlez pas, mam'zelle; vous ne vous en douteriez jamais.

Il pénétra dans l'étroite cour au fond de laquelle se dressait la maison basse, avec son unique rez-de-chaussée, et, tirant le paquet de dessous sa limousine :

— Voilà, dit-il, ce que je viens de ramasser sous l'if du cimetière, à l'endroit même où je fus trouvé jadis; mais vous êtes jeune, mam'zelle Halley, pour avoir souvenir de cela, autrement que par ouï dire.

La paysanne se pencha sur la toute petite qui, pour le moment, paraissait endormie, à moins qu'elle ne succombât au besoin, et la voyant si frêle et les joues toujours froides :

— Entrez, Nobis, dit-elle, vous ne pouvez aller plus loin avant d'essayer de la ressusciter.

Nobis entra, s'assit près de la haute cheminée et posa la mignonne en travers sur ses genoux, en attendant que Mlle Marie revînt de la laiterie avec une grande jatte toute pleine de lait crémeux.

— Il faut tâcher de lui faire avaler cela, dit-elle, même avant de la déficeler, car c'est une fille, je le parierais à sa physionomie. Et vous, Nobis, qu'est-ce que vous en pensez?

— Nous verrons ça tout à l'heure, mam'zelle; mais, si vous m'en croyez, nous allons essayer de la faire renaître grâce à ce bon breuvage. Quant à croire que c'est une fille, je suis tout à fait porté pour ça.

Alors, avec beaucoup de précautions, il posa le paquet perpendiculairement sur sa main gauche, le soutenant de la main par derrière pour éviter tout accident, et, de la main droite, il lui passait entre les lèvres le bout d'une cuiller pleine de lait, sans pousser trop fort, mais haussant le manche pour que le liquide pénétrât plus facilement.

Marie Halley contemplait l'opération, très perplexe elle-même.

Il revenait bien un peu de lait aux commissures des petites lèvres, mais le reste passait, et sans doute le paquet de chiffons trouvait cela de son goût, car il se mit à crier de toutes ses forces, jusqu'au moment où la cuiller remplie fut de nouveau introduite dans sa bouche, pour recommencer son concert aussitôt qu'elle reprenait le chemin de la jatte.

Cela dura longtemps, jusqu'à ce que la gourmande fût rassasiée, et alors Marie Halley jugea qu'il était urgent de faire une bonne flambée pour réchauffer ce petit corps qui avait passé toute la nuit peut-être sous l'if séculaire.

Nobis, aussitôt que les racines sèches entassées dans l'âtre pétillèrent, se mit à défaire le foulard, attaché seulement avec quelques épingles et qui était bon pour la lessive, et il approcha du brasier le petit corps tout nu de la fillette, — car c'en était bien une, — dont les jambes se mirent à gigoter à cette pénétrante chaleur, tandis que les yeux grands ouverts erraient, de la figure ravagée du vieux Nobis au visage de Marie Halley qui, trouvant que l'ancêtre s'y prenait très bien, le laissait faire, tout en disant :

— Il faudra tout de même quelque chose pour remplacer cette ordure-là, et ce n'est pas vous, Nobis, qui pourrez y pourvoir.

— Ça, c'est vrai, mam'zelle Halley, mais de bonnes âmes comme vous m'y aideront peut-être.

— Il ne faudra toujours pas beaucoup de choses, jusqu'à ce que vous la conduisiez à l'asile de Pont-l'Abbé, et, en attendant, nous pourrons, Philomène Hubert et moi, lui tailler une paire de langes dans quelque vieille chemise.

Mais qui fut surprise et tomba tout d'un coup de son haut, sinon Marie Halley, lorsque le vieux Nobis, la petite toute nue, collée contre la poitrine, se redressa de toute sa haute taille, et, d'un air effaré, lui dit :

— A l'asile, mam'zelle Halley; qu'est-ce que vous me dites là?

— Tout ce que chacun vous dirait à ma place, Nobis, répondit-elle, car vous n'avez pas l'intention, je suppose, de garder cette enfant chez vous.

— Et si je la gardais, qui donc pourrait s'y opposer? Est-ce que ce n'est pas mon bien, et même mieux que cela, mam'zelle Halley, puisque nous sommes nés tous deux sous le même toit? Est-ce qu'il n'y a pas là quelque parenté entre nous? Mettez que je sois son grand'père, mam'zelle? dans ce cas-là, je la conduis à l'asile si ça me plaît; mais je l'ai trouvée et je la garde. C'est l'if du cimetière qui est notre aïeul à tous deux, voyez-vous, mam'zelle Halley, et je ne répondrais pas de ceci que quelqu'un ne l'ait descendue du ciel à travers les branches pour que je la trouve là tout exprès et pour que je m'en charge.

— Mais, mon pauvre Nobis, pour se charger de quelqu'un, il faut avoir quelque chose...

— Et je n'ai rien, ça, c'est vrai, mam'zelle; aussi, ma foi, tant pis! Ce n'est pas vous qui me refuserez un peu de lait si je viens vous en demander pour elle. Enfin, c'est mon idée, et je ne puis rien vous dire de plus.

— A votre aise, Nobis, et grand bien vous fasse; mais je crois que vous ne ferez rien de bon.

— C'est ce que nous verrons, mam'zelle Halley, et si j'avais seulement de quoi la vêtir, je me moquerais du reste.

— Pour ça, c'est la moindre des choses, et pourvu que vous ayez le change, il vous sera toujours permis d'attendre un trousseau mieux fourni.

Et là-dessus, la fillette empaquetée de nouveau dans une énorme serviette donnée par Marie Halley, Nobis la fourra sous sa limousine, non sans force remerciements.

C'est ainsi que le vieux Nobis devint grand-père, et le jour même, tout le village, mis au courant de l'aventure, ce fut un pèlerinage sans fin à la masure de la lande.

Mais ça ne dura pas longtemps; on est aussi oublieux à la campagne qu'à la ville, et le train des occupations journalières aidant, l'adoption d'une fillette par le vieux Nobis s'effaça bientôt dans le souvenir des villageois, ou du moins s'atténua sensiblement.

On en parla quelques dimanches, à l'heure des offices, dans le cimetière, et le vieil if y trouva un regain de célébrité. C'était tout de même drôle, cette petite, venue on ne sait d'où, à la place même où, jadis, il y avait bien des années, maître Ledanois avait recueilli celui qui, aujourd'hui, était le vieux Nobis.

Ce fut une mendiante de plus dans la contrée et qui, devenue plus grande, accompagnait l'ancien dans ses excursions.

Toute petite, elle s'accrochait des deux mains au bas de sa limousine, et suivait ainsi le vieux Nobis, faisant quatre petits pas quand il en faisait un grand, les yeux très éveillés, effrontés en diable, et qui ne se baissaient jamais, même devant ceux de Jeannette Dupont, qui n'avait point les siens dans sa poche et qui, tout en lui donnant quelques sous, la réprimandait.

Ce qu'il y a de certain, c'est que Nobis prenait son rôle au sérieux et glissait, de temps en temps, des piécettes blanches dans un vieux pot de grès posé dans une cachette introuvable, histoire de ne pas être pris au dépourvu, en cas d'accident.

Mais les accidents ne sont pas faits pour ces enfants du hasard, et la fillette poussait avec toute l'ardeur d'une mauvaise plante, rôdant par-ci, rôdant par-là, plaisant à tous par sa gentillesse et sa grâce sauvage, très hypocrite à l'endroit de quiconque lui faisait bon accueil, et ne se faisant pas faute de voler des pommes dans les champs, quand l'occasion s'en présentait, alerte qu'elle était comme un chevreuil, et si comique quand elle était prise en défaut, que les plus hargneux lui pardonnaient.

D'un geste, moins que cela, d'un signe, elle faisait marcher le vieux Nobis, qui s'exécutait tout en bougonnant.

Pour elle, il avait transformé sa vieille masure, afin de lui faire un abri auquel il n'avait jamais songé pour lui-même, et les jours de marché de Pont-l'Abbé, il regagnait le logis avec une foule de douceurs, surtout des choses de la mer qui ne lui coûtaient pas cher, ou bien que les marchands lui donnaient en aumône quand l'heure était venue de plier bagage.

Toujours est-il que les bonnes âmes qui, dans les premiers temps, avaient aidé Nobis, ne voulaient plus la voir, tant elle était hardie et effrontée, montrant, par ses manières, qu'elle était de mauvaise graine et poussait très mal.

Une fois tout à fait grandelette, elle lâcha le bas de la limousine et se mit à marcher toute seule par voies et par chemins, mais plus souvent dans le bourg que dans la campagne, et il arrivait ceci que le vieux Nobis se rappelait les paroles raisonnables de Marie Halley, le matin même de sa trouvaille dans le cimetière, qu'il se demandait l'utilité de ses soins et finissait par déplorer les miracles de sa sollicitude.

Un regard de la petite sorcière le fascinait, et il se trouvait impuissant devant elle, quand il se croyait tout prêt à lui tordre le cou. Jolie avec cela, et fraîche, et avenante, en dépit de ses jupes rapiécées, quand elle avait fait sa toilette dans le ruisseau voisin, et quand ses épais cheveux en broussailles, à moitié démêlés, lui tombaient presque jusqu'à la ceinture

Ça ne la gênait point de s'asseoir sur les genoux du vieux Nobis, assis au seuil de son taudis, pour l'attendre, et de baiser sa vieille figure crevassée. Au fond, elle lui gardait bien quelque gratitude. Mais qu'est-ce que c'était que ça, auprès du plaisir de vagabonder à l'aise, et de courir à travers la campagne, des journées entières, au risque d'y faire de mauvaises rencontres?

Un jour, le vieux Nobis ne la vit point revenir et, quand vint la nuit, il n'y tint plus, se mit à errer comme une âme en peine, s'arrêtant pour écouter s'il n'entendait point quelque bruit de pas, sur les chemins solitaires.

L'aube le trouva au seuil de sa masure, allongé à demi en travers du seuil, et le torse appuyé contre la muraille, enveloppé dans sa vieille limousine effilochée, plus lamentable que le logis lui-même, et si trouée, si rapiéciée, qu'elle ressemblait à tout ce qu'on voulait, excepté à un vêtement humain, même à un vêtement de pauvre, et où les plus adroits n'auraient pu découvrir un morceau de l'étoffe primitive.

Lorsque le soleil apparut au-dessus de l'horizon, il se mit en route, la tête et l'âme vides, et se disant qu'il la retrouverait là, le soir, en rentrant. Mais il n'allait pas loin, et toujours l'idée de la revoir, qu'elle était revenue pendant son absence, le ramenait invariablement à la lande. Et, de loin, de très loin, il regardait la porte vermoulue, avec un long bâton mis en travers, parce que, avant de partir, il s'était dit :

— Si le bâton n'est plus là, c'est qu'elle sera rentrée.

Elle ne rentra point ni ce jour-là, ni les jours suivants, et Nobis, qui était très vieux, se mit à vieillir davantage. Il s'en alla dans tous les environs, à Vindefontaine, à Picauville, à Orglandes et même plus loin, jusqu'à Saint-Sauveur-le-Vicomte et Valognes, cherchant partout et ne trouvant rien.

Tout ce qu'on put lui dire, à Pont-l'Abbé, c'est qu'un régiment qui revenait des manœuvres, du côté de Lessay, pour regagner Cherbourg, était passé, il y avait quelques jours, musique en tête, et que

LE BÉTAIL ÉTAIT ALLONGÉ DANS L'HERBE DE LA PRAIRIE.

la petite avait été vue, marchant d'un pas agile, derrière les tambours, en compagnie des galopins de l'endroit.

Le vieux Nobis regagna son logis de la lande, sentant que c'était fini, et qu'il n'y avait plus de bonheur pour lui sur la terre.

Pendant quelque temps, on le vit encore cherchant sa vie, se montrant dans les maisons où, d'habitude, on lui faisait accueil, mais affaissé, morne, presque égaré, comme un homme dont la raison déménage, lui si sensé, si loquace, et qui savait et disait tant de choses!

Puis on ne le vit plus; il resta enfermé dans la masure délabrée, ayant assez de la vie, désœuvré, anéanti par la disparition de cette créature, qui s'en était allée, sans penser à lui ni au grand trou qu'elle lui faisait dans le cœur.

Même les plus curieux n'approchaient plus, malgré leur désir de savoir, effrayés par cette sorte de spectre, immobile comme un sphinx, au seuil de sa ruine, et qui n'avait plus un mot pour qui que ce soit, à l'exception de Marie Halley, parce qu'il lui parlait de la fillette, qu'elle avait mieux connue.

Enfin, un soir, par un clair de lune superbe, qui illuminait la vallée comme en plein jour, et se jouait dans les débris de l'antique village du bas de la lande, d'une manière étrange, le vieux Nobis sortit de sa masure.

La nuit était si radieuse et l'atmosphère si limpide, qu'il entendait distinctement le clapotis de la rivière sur ses rives et les ronflements assourdis du bétail allongé dans l'herbe de la prairie.

Au bout de quelques pas il s'arrêta, la face tournée vers l'église et le vieil if carlovingien, qui se dessinaient d'une façon très nette sur le ciel, et allongea le bras vers eux dans un geste de menace. Puis, d'un pas tranquille, il descendit la pente raide de la lande, traînant à sa gauche son ombre démesurée que la lune oblique allongeait sur le sol et promenait jusque sur les pans des vieilles maisons sans toit qui la redressaient ou la rompaient en morceaux.

Quand il eut mis le pied dans la prairie, il se retourna, étendit ses deux bras à droite et à gauche, dans un geste large qui donna aussitôt à l'ombre projetée des dimensions colossales, à cause de la limousine qui s'étendait et se déployait, suivant l'ampleur du geste, et d'une voix forte dont les échos se multiplièrent à l'infini, il s'écria :

— Bonsoir, vous tous, le vieux Nobis s'en va!

Alors il reprit sa route, traînant toujours son ombre, d'un pas assuré, presque méthodique, faisant lever, ici et là, des vaches étonnées d'être arrachées si tard à leur repos nocturne et qui s'éloignaient très lentement, en suivant de l'œil cet extraordinaire passant, muet et solennel, qui marchait tout droit devant lui sous la clarté du ciel étoilé.

Où s'en allait-il, le vieux Nobis? Personne ne l'a jamais su; pas plus qu'on ne connaissait le secret de sa naissance nul ne connut celui de sa disparition. Comme le Juif errant, le mendiant partit ce soir-là pour l'inconnu et s'évanouit comme une ombre dans la demi-clarté mystérieuse de la prairie, au milieu des herbes hautes, tandis que, dans le lointain, des bruits d'avirons, remués dans leurs tollets, troublaient seuls, avec quelques cris de chats-huants, dans les décombres voisins, le silence de la belle nuit d'été.

TABLE DES MATIÈRES

6497-90. — Corbeil. Imprimerie Crété.

CORBEIL. Imprimerie CRÉTÉ.

www.ingramcontent.com/pod-product-compliance
Ingram Content Group UK Ltd.
Pitfield, Milton Keynes, MK11 3LW, UK
UKHW020833120726
13693UKWH00002B/636